U0723492

是或一点也不

黄国峻 著、绘

❤ 中国友谊出版公司

目　录

台湾原版编辑前言　郑栗儿 i

代序　对世界发出的讯息　黄国珍 v

小说集

是或一点也不 3

浑懵记 33

详　梦 41

三则短篇 71

一、共享 71

二、血气 81

三、衣服 91

威尼斯大饭店 101

五段小故事 121

一、骚扰者 121

二、偷拍 124

三、非常非常讨厌的人 127

四、说教 130

五、入戏 133

故事集

君子好逑 141

香　火 149

国王的新朋友 157

国王的新天地 169

不知为不知 181

居天下之广居 193

冒牌大夫 205

人　瑞 213

短文集

公然孤独 221

水仙不自恋 225

禁欲心理学 227

调情课 231

打个比方 235

黄国峻生平创作年表　黄国珍、梁峻瓘　整理 241

台湾原版编辑前言

郑栗儿

　　二〇〇三年六月二十日午后，台北落了一场意外的滂沱雷雨，一个优越的青年小说家——我们的好友国峻——意外地离我们而去，留下无限的惋惜，以及交付给联合文学的短篇小说集《是或一点也不》和未竟的长篇小说《水门的洞口》（原名《林建铭》）。

　　四月初 SARS 于台湾尚未完全蔓延之时，他已将短篇小说集全数交稿，也开始着手长篇小说的撰写。关于这部短篇小说集整书的内容及书写类型，含括了国峻之前作品的特色，可谓继《度外》《盲目地注视》之后，融合小说、故事及短文各类风格并呈的集大成之作，展现其多样貌的洞悉观点及书写才华；行文间也不时闪现《麦克风试音》令人会心的幽默，及独具哲思。

　　在青年小说家中，黄国峻一直以善于说故事著称，不似其他同辈作家较着墨于个人式的庞大呢喃自叙，而受西方文学影响甚深的他，其内在世界自有一套独立的思维逻辑，所以杨牧先生称扬他"文字处理的题材，更直接对他的文字所构成的风格，已经出现了'文体'"。

优雅的教养与对世事的敏感，使国峻的作品经常在自我与他人，在生与死，在神秘与现实之中，拉扯出一种魅惑的扞格张力，种种的揣度，种种的漂移，则化为一幅流动的心灵风景，冲激出一座仿若海洋潮流移动间突然冒立的小岛，如此不俗，却又寂寞；如此震撼人心，却又遥远。

关于短篇集书名的确认，是后来在六月十二日的一次聚会中，我们天马行空地脑力激荡，本来想以"非常非常讨厌的人"来作为命名，这样的名称带着一点点新人类的调皮叛逆，以及一种性格；那一天他也带来了长篇小说的四章列印稿给我过眼，并说明是一个平凡男人与三个女子的三种不同情欲之爱。

隔周的星期四夜晚，亦即他离开的前一天晚上，我们约好一起去新舞台观赏郭强生导演、蔡诗萍主演的舞台剧《欲可欲，非常欲》，在新光三越地下楼吃饭时，再度讨论书名，彼此很有同感与默契，觉得还是以"是或一点也不"为名较好。当然在事后恍然领悟"是或一点也不"所隐喻的绝对性的戏剧感，充满着存在的疑惑，这种隐喻手法也是国峻小说惯用的巧思。

而书稿的编排方面，之前我们曾稍作讨论，大致以不同体例来分辑，而不按创作的时间顺序，这点他也欣然同意。因此，在他走后，我便按讨论的结果为他确定目次。

对于他悄然游于度外，身为一个与之互动密切，而又建下甚深情谊的编辑者而言，再多的眼泪与伤心，终究唤不回、改变不了既定的一切事实，所幸这一位才华洋溢的文学旗手，还是为我们留下他最真至美的几部遗著，见证着他虽然短暂，却如灿烂夏花般灵光闪耀的三十二年的一生。期待着更多的读者，透过他的著作，能够与我们一起悠游、理解黄国峻的精神世界。

代序　对世界发出的讯息

黄国珍

弟弟国峻小时候喜欢堆积木，把缺了张的麻将废牌，堆得又高又漂亮。在大家都惊叹称赞的时候，他一手将它打散；第二次堆出完全不一样的，又将它打散。这一幕经常出现在我的脑海里，他大手一挥，推倒精心建构的积木，像是某种暗示。他和其他的小孩不同，有精神上的洁癖，很干净、很神圣。他对精神上的追求，远远超过这个世代的年轻人。

弟弟极度害羞，倒不是忧郁，而是他不敢打扰别人，即使有心事也不敢对人讲，只当作是自己的情绪，他建构自己的内在世界，很细腻。因为对于自己的学历、自己的瘦长身体，以及自己是否从事别人眼中的"工作"等问题很在意，他不知如何解释自己。

但他不是天生喜欢孤独，他会怕自己不得体，其实他才不想要那么孤独呢！他喜欢和人相处，期待朋友、关心、爱情，喜欢朋友来找他，希望有人主动读他的作品、喜欢他的作品，和他说一说话、变成朋友。他更喜欢外面世界的人，喜欢出去走一走，但因为他有甲状腺的问题，不敢面对人，他想要出去，又不敢出去，在"出门"与"不出门"之间摆荡着，总卡在门槛上。

他为什么写作？忍受一个人独处的漫长时间？他其实是在"说话"，写作是他表达自己的唯一方法。他喜欢给人写卡片、写信，他用语言表达时会紧张，但文字可以修改锤炼，写完了放一阵子再改，这是很适合他的说话方式。他会和你讨论日常生活，取得你的生活经验再加以切割琢磨，将观察到的意识的微小片段，切割再切割，细微到你想象不到的地步，他再从里面找到解释，成为创作上的片段。他的思考与写作不停切割、堆叠、建构，但他真正的核心，其实是在切割之前的那一个整块。

写作是他内心对世界发出的讯息——"这是我的看法，这是我的内心，我在这里！"

他从高中开始即养成阅读习惯，写些很短的东西，累积、复杂到一定程度，开始尝试写长篇。因此《留白》并非突然出现的，它在那儿慢慢发芽，长大，变成一朵花长出来。他平日不大会大刺刺地谈自己的作品，他小心爱护自己的世界。

他将内在推到极致，建筑了一个精致的世界，他极度保护自己的内在。接近他的内在世界必须优雅、轻柔，他在等待这样的对象走近他的世界。

我陪他走过好几次情绪的风暴，他其实有大转变的契机，就只在门口差那一步！只是那一步他熬了好久。

最后一次他和我打电话，他还是说："你那么忙，还这么麻烦你。"他那么害羞，总是替别人想。

我这几天都轻飘飘的，每天还是去和他讲话。慢慢地，我在内心里找到一个安放弟弟的位置，想弟弟的心情便有着了根的感觉。他在我心里住了下来，不用再为他那么担心了。我和舍不得他的妈妈说，虽然他的存在很短，但他在世的时候结交了这么多朋友是他的福分，也留下了很多值得让我们纪念的事情。

国峻给了我们三十二年的快乐记忆，我们从小就疼惜他。不忍心看他走，他的走法虽然激烈，但只是短短、一下子的事——他有人世的功课，他选择自己的方式毕业。

（本文作者为黄国峻长兄，现从事设计工作）

（蒋慧仙／采访整理）

小说集

是或一点也不

第一章

玛娃是一家国际化妆品公司的地区企宣经理，年轻貌美，整个人里里外外都是优点和长处，经常吸引不少条件不错的追求者。不过，她只有一个毛病，就是喜欢挑战男人，乃至藐视他们，也因此追求者几乎全都知难而退，唯独一人例外，他自始相信玛娃总有一天会心软的，但显然目前还没。

"头脑与肉体的结合真是个无比优雅的玩笑，就像骑士驾驭着马匹，虽然骑士可以控制无知的马匹要往哪走或停下来，甚至可以用食物引诱马匹越过重重障碍，但难保哪一天它不会突然野性大发，将威风的骑士重重从背上摔下，疯狂似的只顾自个乱跑。这岂不是讽刺至极的事吗？我相信爱情终究不过是场玩笑，如果我相信爱情，我就不再相信自己了。"玛娃说完吃了一大口草莓布丁。

"所以你才不回我的电话和信，原来如此，我还以为是因为没空。我了解，为了让自己舒服安心，刻意想出一套解释把一个恐怖威胁说穿，这也是免不了的人性，不然要脑子做什么，对吧。"贵格做了个表情说。他在一家大型的购物商场里负责接洽活动，从一次参与赞助的机会两人认识交往至今，正好两年，但由于工作忙碌，其实实际接触的时间扣一扣也不过数星期，而且多半还是在公众场合上碰面。说起来不知道是因为少见面才合不来，还是因为合不来才少见面的，总之两人每次交谈总是没动听的话。

"就偏不相信你到七十岁说话还是这个口气，你会这样说只因为正年轻。"

"对，可是如果我七十岁时有机会再回到年轻，我还是会这样说话的。"

"你避开重点了，我是说我们争吵的时间都够登上喜马拉雅山了。"

"还有这家餐厅上菜的时间也够。奇怪，我的面还在佛罗伦斯路上吗？"

在一个新产品发表的酒会上，几个朋友坐在一处聊天。"我看他们只是打情骂俏罢了，要真没意思还用得着开口吗，实在太假了，我很不喜欢。"另一位说："难说，两个人都好强，风度的底下，说不一定其实都想狠狠教训对方。"回答说："管他的，和我们又无关，说这干吗，等着看就知道了。"

明知准会被拒绝，而且是奚落式的拒绝，但是贵格认为还是有必要让她晓得，自己是真心诚意的，希望能终止无谓的争执。这绝不是勉强，他知道玛娃这种人在某方面来说，如果不稍微推一把，就永远不会动。他想过这时机绝不会太早，因为依她忙碌的情形来说，通常一个约会得半年前就预约，目标定在新年。这没什么好兴奋紧张的，反正就算玛娃破例答应接纳他，接下来不知道还会有什么变化，其实他也觉得为这种事劳神是很愚蠢的，他还真希望天底下真有顺其自然这回事。

"是谁把衬底改成这个红色？这是猪肝红。"他带着美工来看一面迎客墙。

"是你昨天说的，可能是灯光的影响吧，这应该算深玫瑰红才对。"

"深玫瑰红就是猪肝色，你还怪灯光，把你的太阳眼镜先拿掉再说，你想让顾客一进门就想到内脏吗？这不是医院或什么广东烧腊店。去把色卡和印刷厂的电话拿来。"贵格已经快被心事烦得比孕妇还敏感了。下班后，他空着肚子赶去参加一个基金会办的爱心义卖会，路上随手翻翻这份慈善报告书，里头几个成功资助的案例让他想起了一件小事。好像是在等候剧院入场前不久，他们两人在路过地下道时，看见一个抱着婴儿的母亲在乞讨。当时天气很冷，玛娃看着婴儿露出白白的赤脚，觉得这样不行，但她也没像别的路人一样丢个钱就走。她走到前方卖袜子的小摊贩，买了双小袜子，回来给婴儿穿上，还稍微把那坨小圆肉般的脚握暖了些才离开。"我很怕脚冷，走吧，快开演了，可以睡觉了。"她说。

大吃了一顿消夜后，贵格到客厅钢琴前习惯性地弹几个曲调，他总是说"弄点声音来听听"，不过往往也只是玩个两下子就想到别的事，仿佛得到灵感指点。他随手写了些话，心想也许用书信表白会比当面口说更恰当。可是才刚写进了肺腑便犹豫了，他开始存疑究竟自己了解人家几分，为何玛娃讨厌男人却又不拒绝他？而自己何必又自讨苦吃，乖乖忍受一次次测验般的闲斗嘴。许多平时没想过的事，现在一到想表白时，竟然一下子全跳了出来，顿时把整件事变得无比烦人，好像这便是玛娃衷心期待的胜利。

一个月后的周末，玛娃邀请几个朋友来家里尝她按照食谱煮的墨西哥菜，包括一个有女性化倾向的化妆师安迪，还有刚从美国亚斯本晒得一身褐色皮肤回来的茉莉，她是整个晚上的焦点，不停解说一堆传阅的照片。贵格忍不住插嘴：

"还有，你的鞋底还有丹佛的灰尘，不要忘了，这点很重要。也许还有踩扁的丹佛蚂蚁。"大家当作没听见，只有主人瞪了一眼。后来是茉莉自己心虚，赶紧把话题让给主人谈居家布置。才说没几句关于挑选餐具的考量，她又接说：

"我在丹佛就看到一组仿古的瓷盘和你这组一样的，不，手工更细，我差一点就要买。"主人即时把贵格叫到厨房帮忙，省得他又开口。

"怎样，要我帮忙找仿古的餐巾环吗？"掀开锅盖。

"不准开我的好朋友玩笑，知道吗，他们和你不一样。"食指一戳。

"是吗，我刚才已经忍住没昏倒了啊。葡萄酒要开了吗？我以为你有龙舌。"

"你有没有闻到辣豆的香味，一定很好吃。"她脱下围裙。

"没有，我只有闻到堂娜·卡伦的香水味。"他看看每道菜，"这才不是墨西哥菜，你只是把墨西哥辣酱倒在每样食物上而已，这是玛莎·史都华教的吗？"

"这是简化风格的家常菜，你到餐厅吃还不是批评主厨，实在很让人难堪。"

"我只是把一本食谱塞进意见箱而已，我是在帮忙才会对蘑菇有意见的。"

"我不在乎，反正等一下如果赞美不出来，你就假装鼻塞好吗？还有，这不是堂娜·卡伦的香水，是迪奥。"

饭后不久，一通电话临时把贵格叫去办公室，因为有一家厂商要取消传单上的赠品，而中庭的保丽龙天使掉到了女鞋部门。早一步先走后，他便出现在他们的话题中。

"他是很有趣的朋友，很热心，可惜怎么说，不是我要的型。"

"不，是你们的关系决定他会是什么型，也许他只是没有机会表现。"

"我认为朋友已经就是最好的人际距离，再近就很麻烦了。

我不是怕或不满，有些事不尽然是绝对的。对了，你猜最近谁
要结婚？"这晚大家聊得很尽兴，瓶子里的酒大半都是被安迪喝
了，理由是：爱哭的人要多补充水分。

不过如果她知道几天后茉莉心里打了什么主意，肯定会后
悔那天不该开那瓶最贵的酒。因为，后来茉莉来拜访一个朋友。
"蓝天"是她以前在艺术学院的同学，是个不得志的画家，茉莉
常礼貌上鼓励他继续努力，结果多年后依然没起色，害茉莉深
感罪恶与亏欠，也因此非成为他的知音不可。这次来找他是因
为那天在玛娃口中得知"瘦妹"结婚的消息，蓝天爱慕瘦妹很
久了，她心想一定要来关心一下，否则难保不会发生事情。

"除非我再爱上别人，否则我会永远活在悲伤中。"在安慰
的过程中，茉莉突然有了个计划，她打算把蓝天这个麻烦的人
物介绍给玛娃，这样玛娃会因此发现相较之下，原来贵格是多
好的男人，两人会如她所愿在一起，会感谢她，证明自己那天
所说的没错。同时蓝天会更明白自己的缺点，这样茉莉就更有
证据不用怕说实话会伤了他的心，成为坏人。"这样子，我帮你
介绍一个很漂亮的女孩子……"她越想越得意，好像成了预言
家，不，是命运的舵手。

独自泡着一壶不记得哪来的茶叶喝。好几天过去了，贵格
还在为上次的失言在意。反省分析起来，他怀疑自己可能潜意
识里希望被担心，才会刻意语多冒犯的。被担心表示自认受委
屈，是一种强迫对方摊牌的手段，强迫表示焦虑于无法占有，

占有则是欲望强过理智，接下来还有呢？算了，分析到最后结论一定是：为何想要分析到最后？答案一定令人沮丧，全是负面的动机。这时候，他决定不管一切，要写这封想了很久的信，若是因此坏了事，那就坏去吧。

就在收到信的前一天，茉莉不知情抢先进行了第一步。

"这是蓝天，画家、诗人、占星学者兼厨师。这是玛娃，是经理。"

"只是卖化妆品的，反正也和颜料有关，冒犯了。我一向最佩服艺术家。"

"其实艺术家也是经理，是灵魂的经理。"三人安静了片刻。

"普洱茶好吗？"茉莉说。看在介绍人的热诚分上，两人初步谈得算愉快，其实蓝天知道她是个讲求实际的女强人，或说女超人，不可能喜欢上一个悲观的梦想家，所以态度很轻松，离开前还即兴画了张自画像送她，她则回赠微笑。

"很好啊，孤独是成功的前兆，艺术是永远的，看来好处都被你占尽了。"

"是吗？孤独会短命的，讽刺的是，短命又正是孤独者的厚礼。"蓝天说。

"哇，真是很荣幸和莎士比亚一起喝下午茶。"玛娃又说。不晓得为什么，她这次居然对这个男人手下留情？照从前的习惯，她不可能不修理一下这类艺术家型的男人，是因为心情好，还是天气好呢？太奇怪了，该不会是因为她这辈子迫害过太多男人，才会罪恶感作祟而手软了吧？茉莉纳闷，也许起先只是客套，等再过一阵子，她一定会被缠得无法容忍的。其实玛娃是有一点听进去了朋友的奉劝，才会开始改变的，尤其是那天茉莉说的"是两个人的关系决定对方是什么型"一席话，让她反省自己应该给男人一点机会表现，再说潜意识里她也对冷落贵格有点感到内疚，但贵格的态度一直让她无法让步弥补，两人才会僵持的。别人的善意奉劝，让她看到自己的不友善模样，加上为了感谢茉莉，于是她接受了蓝天。蓝天是傻人傻福，纯粹是捡到了便宜。在此同时，她收到了贵格的告白信。

第二章

　　读完这封信，玛娃的心情十分复杂，一开始有种错觉，会不会搞错了，这该不是给别人的信，却被她拆阅了吧，上头的确是自己的名字，难道是个恶作剧。

　　"对于以往屡次的失言，我非常感到抱歉，你大可以主观喜恶评断我的是非，正如我在所受到的宽容中对你的印象。但请听我说，我为此刻蕴生的言语而不安，言语封住我的口，愁苦我。在过去相处的时间中，我必须在心里丑化你，才不会为了你的冷漠而失望难过，并且不会为了匹配不上你的高尚而失望难过，但这是多么愚蠢的挣扎，我岂能将洁白指为乌黑。你的美让我明白了美是什么，如今渴望已超出了我能承受的范围，情感在我心里焚烧，把你的模样想得越清楚，我就越疯狂得无法想个清楚，我的喜悦只有你能给，此外什么我都不爱。请原谅这些唐突的话，相信你也不希望我以谎言维持我们的友谊。贵格敬上。"

真是莫名其妙！她说。"这根本像是青少年的幼稚言语，原来他自始就把我看成一个麻木无知的女人，难道我没眼睛，识人不清吗？满口谄媚的自大狂。"

她越想越觉得被耍弄，既想读清楚信的意思，却又不敢再多看一次。"居然要我为他个人的幻想有反应，亏我一向最信任他。"随后她马上冷静了下来，因为想要赶快脱离这个尴尬的气氛，但是冷静来想，反倒是忽然变得有点得意，得意于看透对方企图，并且使人家拜倒，对方的输就是自己的赢，道理就这么简单。得意之后则不免同情，但实际上不会真的这样做，玛娃打算不去理会，宁可和其他朋友来往。这时候她不经意看见了画家蓝天给的那幅画像，就摆在进门的茶几上，仔细欣赏，画像的线条好像有一种既自由又自由不了的矛盾情感，一下子便引起了一股同情。后来她打电话给蓝天。

等待回音的几天来，贵格一直静不下来，但又不知道该做什么，好不容易轮到休假却偏偏如此耗去。他懊恼地想："明知会懊悔何必还自找麻烦，她也真够无情，无情得像个闹钟一样，不论我如何说真心话，在她看来全是笑话。我为什么得忍受不平等的关系，为什么男人总是被女人耍弄，真是虚伪自大的女人。"沿着浅的静的溪流慢跑，没多久就累得停下来喘气，是太久没跑了还是刚才跑得太急？都是，每次都是隔得太久便跑得太急，就像饥饿后的大吃。弯着身子两手撑在膝盖上，汗水滴湿了鞋尖。"会不会全该怪我贪心不服气？我自以为是绅士风度，其实只是为了美化自私的丑态。也许她从来没期待过我的感情，为何我就是不肯接受这个事实，硬是安慰自己有机会改变，我真是太丢脸了，只是得意地活在幻想中。"两手插在胸前，他低头想起了过去，这次以客观角度来看，许多原先愉快的记忆，如今完全变得不是那一回事。他们有一次在一条单行道上并肩走，后头一辆车不得不停下来猛按喇叭，他们于是故意假装是聋哑的人，背着车子就比起了乱编的手语对话着，放车子走后他们才一阵嘻笑。逗她笑的意图总是能让贵格满脑子主意，他打扮好看，积极健身，在书店翻上一天书，帮同事小忙，这些事所需要的兴致与活力，不都是因玛娃而起？闭着眼睛淋浴，他觉得好像身上流掉许多类似血一样的东西。

接下来几个月，他们没有一方再主动联络，就偏挑这时候顺其自然。

接到玛娃的电话时，蓝天很惊讶，当时他正在酒橱旁写一首描述人生有多空虚的诗。原以为像玛娃这种类型或阶级的人一定是瞧不起他，没想到听起来语气亲切，还有几分辅导的意思。一般人听起来也许没什么特别，但在他感觉上则是充满了猜测的空间，仿佛地洞里的一线光明，顿时燃起了他的强烈希望，因为从来没有一个女人肯自动与他多说些话，尤其是条件那么好的。而对玛娃来说，不熟的朋友反而较能交谈，因为彼此还没有成见，言语都还在客套的标准化顾虑内，她的话绝不会被打断反驳，更重要的是，她能因此感到自己并不只属于某个熟人的，而是单身的，光这点就够让她满意了。当然，按照公式他们也有聊到法国印象派绘画。

"他才不是艺术家，他只是个赖床的家伙，你该不会认真吧？"茉莉说。

"这跟认真无关，只是我喜欢鼓励需要被鼓励的人。"玛娃小声说。

"真不晓得你在打什么主意，你是在扮演导师还是一只宠物的主人？你让他充满希望，他就会缠上你，推开他他就哭，而且是先写首诗才哭。"

"不要说得那么夸张，他只是需要人家给他机会改变，而不是像你这样躲避应付。我相信蓝天是有才华，他的书比一些银行高价收购的书好多了。"

"我原先只是想表示我有尽朋友的本分了，介绍个人认识而已，难道你看不出来，他是为了引来牧者，才把自己变成羊的吗？这样贵格会怎么想？"茉莉不敢再说下去，没想到情况不如预料，更没想到原来自己会对两个老朋友有这样的不满，于是难堪地丢下计划就退出不管了。

推着购物车在大卖场来回，蓝天开始了一场改造计划，为

　　了给人家好印象，他买了一堆功效各异的清洁剂（洗窗、洗衣、洗牙、洗地毯和沙发），急着打扫自己位在山上的小公寓。他仿佛变了个人，之前的消极想法全被丢开，兴奋得睡不着，大阴大晴的个性展露无遗。隔天他又决定干脆买张新沙发和地毯算了。这种活起来的气氛，自然也感染了在公司忙得无精打采的玛娃。电话中，蓝天不断把一些日常平凡的事，讲述得焕然一新，感性无比，好像诗神附体一样。

　　改造的计划进行到最末，有个真正的难题，蓝天希望自己与家庭的关系也能给人家好印象。这担虑绝不会太早，因为要与父母的关系改善，是需要长时间。根据以往的经验，这次他知道应该做哪五点，才能让自己有较好的形象。一、要孝顺。二、不准哭，不要一脸可怜，因此最好不要回忆从前，过去就过去了。三、要真是哭了，就把责任全推给莎士比亚的伟大，这样反而加分。四、不要太殷勤，要有一点不在乎，好像见过无数风霜的样子。若嘴唇干裂就干裂，不要保养才表示重视内涵，以及有被照顾的需要。五、注意细小处，如角落的灰尘、气味或衣服上的线头。总之，他这次有把握能追求到对方。但是才走到老家的巷口，一想到父母的难以沟通，他便开始有一点怀疑，认为这一切努力到底是否值得，究竟这是急功好利，还是真正在诱因下的觉醒？他执行得有些彷徨，院子前的铁栏杆上挂着如妖女的蕾丝似的蜘蛛网，所有的幻想都在救走他，同时却又拘禁他于这屋子内。他不懂为什么要得到一个女人的接受是这么复杂而困难的事，为什么不能只是件单纯得可以让他放松看待的小事，像是可以直接一把就抱住的东西？放下一袋水果。"爸、妈。"他低声问候说。

另一方面，经过长久的打算，玛娃向银行贷款买了一户地处市中心的房子，手续已办过，只剩搬家的动作。与蓝天再次见面时，是个凉快的阴雨天。

"这很像我念书时住的小屋，很亲切，布置得有点加勒比海的味道。"

"要不要再尝一点脆饼，这家饼店的老板是个加拿大传教士。"

"很好吃，可能是面粉有被祷告过的关系。真谢谢你的招待，等我搬家完成后，一定请你来看，我可以做点墨西哥菜，如果胃口合的话。不过绝对比不上你的厨艺，还有室内布置也是，我只会花钱请设计师代劳，又没眼光。"

"老实说，起初在电话里聊，我还以为你只是习惯上言语较随和，没想到本人真的是很亲切，全怪我心眼小。我过去一向虚伪以防人，真是大错特错。"

"不至于啦，你只是把自己逼太紧了。我也是被朋友认为敌视男人，其实我只是不认同一些传统观念，人生的可能性那么多，何必一定搭公车。"

"是啊。你如果在搬家方面需要人手，可以叫我，我有时间，力气又大。"

"可以吗？那真是感谢了，不然我还打算到健身房找人手，说不一定他们搬完还会付钱给我。你那个柜子上摆的是匈牙利水晶吧，水晶真的有能量吗？"

接下来几周后，他们几乎为了搬家天天碰面。在整理物品装箱时，蓝天对衣服的数量很吃惊，更对一本本相片簿十分好奇。玛娃喜欢出国旅游，照片中一下是滑雪冲浪，一下又是泛舟攀岩，活像个冒险家。相差真多，边听旅行经过的讲述，他边想为何自己能接受玛娃所不能忍受的平淡生活，他无法想象现在站在面前的这个人，是如何让自己登上一面山壁，纵身到海中的，那是多么不可思议的心思，好像一个人若没有经历这些照片上的活动，那现在的一切就无法继续下去。他为这种高超的能量所折服，感到自己程度卑下，根本承受不起人家这阵子以来的信任与鼓励，他有股冲动想逃开自己的幻想，放下手上的纸箱，远远离开玛娃的生活。但是他还是留下来了，一趟趟同样路段的往返，电梯门一次次开关，他仿佛渐渐接受了自己在能力上较为低落的事实，准备随时恭候差遣。

蓝天具有的男人少有的屈服相，或说听话的样子，不断勾引出了玛娃一些潜在的强烈统治欲，她越指使人家，就越无法不指使人家，奇异的快感使她最近的诸多决定都异于往常，好像是在尝试新的东西，看看自己对另一种情境会有何反应。她让蓝天照单子去购物并下厨煮菜，陪她写完一份市调的分析报告，帮她按摩脚底，甚至留下来过一夜。当然，人家是有意愿在先，她只是好意成全人家，让人家有机会表现而已。一个周五晚上，他们共同出席参加同业所办的一个非正式的联谊餐会，据说这跟幕后的董事会并购案有关。为此蓝天还稍微留意了仪态谈吐，但依然引起同事间的注意，因为这是玛娃头一次偕男伴现身。

喝了第二杯水果酒后，他们分别在两处与其他宾客吃点心闲聊，交谈声与笑声盖过了唱片音乐声。玛娃坐在一张大沙发的中间，两旁的树叶影子在她的笑脸上半掩着。伸长手把杯子往桌上搁，抬头一看一个男人就站在对面的吧台前，那正是贵格，一对飘忽的眼睛看过来，两人迟疑片刻才给了个招呼。

第三章

虽然这是意料中的事，不过当真的遇见时，还是没有像原先想的那么容易应付。倒不是他们没想起上回那封信，而是那封信现在没被他们当一回事了，好像见这一面后，就连一阵没联络的情形也变得不要紧。他们把笑容放进招呼里，绕到一旁说话。贵格不确定自己是真的不生气了，还是不准自己此刻生气。这就是成熟的优缺点，表现总是正确得体，因为正确得体总是目的。

"你看起来好极了，前一分钟太年轻，下一分钟太老。"

"谢谢，谁叫我是卖化妆品的。你还好吗，换季很忙吧。"

"不，我要换工作了，公司来了个美籍的超人接手管理，人家以前可能在'梅西'拖过地板吧，不知道，管他的。你呢，前天你的电话有个搬家的人接了。"

"对，我正要告诉你搬家的事，记得我们去看过那间钢骨大厦吗？"

"当然记得，小心被那里的城门夹到手指的话会变残废。哦，你搬到那。"

"还有接我电话的是个帮忙的朋友，他就在这里。"往壁炉的位置一指，"他是个画家，人还不错。我不知道你有打电话。"说到这里有些不自在，两人都担心提到信的事。贵格为了气氛忍住没说，心里却一直想着"人还不错"这句话，总觉得这句话等同"滚开"。表情一慌，他知道该走了，早该走了，走得离这个鬼地方远远的。"下次再聊，我要去打听商业机密了。"他说。玛娃低头看见衣襟上不知何时溅了酒，随手拿餐纸擦一擦，抬头时已经看不到他。

回程路上，她一直没听进去一旁的蓝天在说什么。读着一张张名片，兴奋地说着："我以为我会很排斥的，结果你说得没错，完全是心态的问题。有一个站在我旁边的人说，他有个朋友是电视影集迷，他很喜欢单元喜剧《婚姻与孩子》，结果竟然把自己家布置得和剧中场景一模一样，真是疯狂是吧。"玛娃把车子开得有些快，提提精神。她想着贵格勉强镇静的模样，觉得那是刻意要制造她的不安，好像她亏欠人家什么，她就是不满贵格这点，老是想教训别人，好像自己之所以人格违常，全是大家害的。她按喇叭抢了个黄灯。

餐会后，几个朋友相约到附近一家以拉丁文的植物学名为店名的舞厅。化妆师安迪问贵格有没有兴趣，他答应是因为想从安迪的口中打听一些消息，否则他对这些怪异的未来小子如何自虐才没兴趣，他宁可随乡村音乐跳方块舞。

"什么，玛娃身边那个男人是个艺术家？真是太过分的玩笑了。真不敢相信，她竟然只为了让我认为自己连那种男人都比不上而折磨她自己！"贵格说。

"艺术家有什么不对，也许是你一直不了解玛娃其实是怎样的人，她这个人很怕被追求，她认为那等于是被踩在脚下。"安迪一边说，一边向隔壁的人要根烟，"她接纳蓝天不是因为爱情，也不是想要修理你，而是为了自在。"往镜子望了一下说。贵格没听懂逻辑，不过也纳闷这娘娘腔怎么特别懂这些事。

"我没妨碍她自在过啊，否则用得着低姿态吗，她根本是被我们这些朋友宠坏了，她接受蓝天是因为终于有个男人自愿被她软禁统治，好让她满足霸权欲，颠倒传统性别的主从关系，如此而已。"他大声说，音乐声还是盖过去。安迪不以为然地走开了，反倒是一旁一个不认识的女孩听得正有趣。

"这样你还是喜欢她吗？也许正是你想逼她露出可恨的一面。"女孩说。

"抱歉，我认识你吗？请问您贵姓？"

"是吧，这样你就有理由责怪她的冷漠对吧？"看贵格听得一脸疑惑，接着又说，"你没来过这种地方吧，这里没人会讲名字的，问了等于没问。"

"那所以每个人都可能是任何人对吧，那就这样吧：南丁格尔你好，我是圣塞巴斯汀，身中七箭可以了吗？"两人笑着又聊了几句后，这个叫"棉花"的女孩把他拉进了舞区。勉强跟着跳没多久后，没想到他居然开始感到畅快，好像这正是他目前所需要的，他需要节奏原始单调的音乐来摆脱自己的喜恶。在舞池里，任何人都只是个律动的身体，简单明了，可以说是人人都统一成一体的理想国。他好久不曾这样痛快，尤其是最近，而这竟然是由一个与自己毫不相识的人带给他的，这种没道理的事让他变得有点不在乎事情究竟有没有道理。棉花拉他去哪就去哪，不必思考，无须信任，他在轻浮中得到满足。

"你丑化自己是为了让她判断力出错，产生挫折和内疚对吧？你每次拍团体照时喜欢退到最后面，约会时总是第一个到，点菜后常常为决定后悔。你喜欢买相框，但是始终没有适合的相片可放，对吧？"棉花边说边在纸上写字。

"谁不是呢，你这是在演《沉默的羔羊》吗？你忘了说我总是等截止日期前一天才报税。"她没回答，只是把刚写的字条给贵格看，写的是才刚正说的话。

"好了，我不知道你在玩什么把戏，我不会付钱的，你省省力气吧。"

"这只是好玩罢了。你这个人太在意得失了，你越想要得到什么就越得不到什么，真的，否则你就会像推销员一样讨人厌，因为示好就是在推销自己，不是吗？"棉花不过是个学生，整天往热闹的地方跑，到处都有认识的人。这时候贵格有点不愉快，给了电话就说想要走了，担心再留下去不知道还有什么花招。

回到家中洗完澡后，才发现衣服口袋的钱包不见了，半个小时后还是找不到，加上又累又醉，他心情实在坏透了。从口袋翻出一张写着电话的发票。

"棉花吗，是我，你有没有看见我的钱包？"

"喔，真是不错的打电话借口，钱包不见，是你编的吗？有进步。"

"我的语气像在开玩笑吗？无意冒犯，请问你是扒手吗？或者你的朋友。"

"嘿，客气点，对你太亲切的人就有嫌疑吗？早知道我还真该偷才对。"没想到半个小时后，棉花回电话给他，说打听后得知店里的人捡到了钱包，并问他一些证件资料，这样棉花才能赶在店家打烊前，先替他把钱包领走保管，还问他什么时候要来拿，他记下地址后马上赶过去。这个好消息让他精神一振，忧烦尽去，尽管已经快半夜两点了。

棉花租的公寓位在距离学校不算近的旧住宅区里，巷子内有些脏乱。推开楼下故障的铁门，他终于来到顶楼门口，可是按了电铃却没人应门，等了一会他转转门把，没想到居然没锁，小心地开门进入屋内，唤了两声还是没人出现。看见房间的灯亮着，他走过去一看，棉花正独自躺在床上睡着了，睡得还挺熟，叫也叫不醒。看起来是刚洗完澡，丢得到处是衣服，头发还是湿的，衣服还没穿好。

放下刚才特地在路边买的热汤，他四处张望着，没有看到钱包，只有一堆私人物品。他不敢叫醒人家，但又非得拿到东西才走，所以只能坐着等。这一坐着等，他一瞬间觉得有些恍惚，觉得怎样会有这一幕，实在很荒唐，五个小时前才终于见到玛娃，而三个小时前才认识的女孩子，现在却睡在他眼前，好像自己被什么玩弄了。回想起来棉花说过的话似乎说中了问题关键，他以自己对待玛娃的心态感到惭愧，另外也佩服棉花的成熟，不过他不免怀疑是否自己是因为喜欢这女孩，才会觉得被说中，如果真是如此，那到底为何喜欢？不可能，难道他期望被看穿，被拆下武装？半夜想这些事最不可靠，他先前的愉快这下又消失了。

伸手过去想摇醒棉花，却一时不知道要摇哪里，轻轻拍肩该不会吓死人吧。"醒醒，我的钱包在哪儿？"醒过来看着他，意识蒙眬不清，好像没看出来是谁。"我想当演员，求你不要拿我的钱包好不好。"胡言乱语一通。"我带了热汤给你。"他说。"你对我真好，还帮我盖棉被。"眯着眼睛抓着他的手说。

"对于之前我在电话里不礼貌的话，我要向你道歉，我是因为找不到钱包才会发脾气的，但是也不应该说你是小偷，或者讽刺你是万事通。"

"你没有讽刺我是万事通，而是说我和朋友串通偷的。"把脸埋进枕头。

"是吗，我很抱歉。奇怪，你头脑很清醒嘛。"他抓了个枕头就甩过去。棉花笑着说："枕头大战！"接着就兴奋地反击，他说："够了，停战。小姐，我不是来玩的。"停止了半刻，羽绒还浮在半空，他却突然又猛力砸了个枕头过去。"不算，你作弊！"两人又玩成一团，最后气喘吁吁地躺在床上。

"要命，我还以为办公室里那几个工读生已经够疯了，没想到你更疯。"

"这只是十分之一的功力，我还没丢史奴比呢。"两人又笑个不停。

"不过老实说，你到底有没有偷我钱包，该不会连这一切都是安排的吧。"没回答，转过头去。"好吧我道歉，我不该把你想成那么卑鄙，我很累了，头脑不清。说不一定其实是我事先买通店家，故意把钱包留在那里，然后再借机叫你保管，好让我有理由来这里致谢。对，以后应该用这招才对。"他微笑说。

"好吧，我承认是我偷的，我有病，这就是我去念心理学系的原因。"

"你吓到我了，是开玩笑的吗，不可能吧，你该不会是想搭这件意外的便车吧？老天，我已经分不清真假了。"他坐直了身子，棉花把钱包交给他。

"你回去吧，别管我这个疯子，你只是为了报复玛什么的和那个艺术家在一起，才会故意让自己以掉入陷阱的方式，来表示对我同情。谢谢你的汤，我刷过牙了，如果累了，客厅的沙发很大。晚安。"说完就把灯熄了，用棉被盖住头。

"等等，你可以再说一遍吗，我没有那个意思，我是说你很有趣，女孩子本来就会开一些无伤大雅的玩笑，事实上我很感谢你偷我钱包，否则我怎么可能知道你这么聪明漂亮，你在我们公司的话，绝对可以当上创意总监。"一片漆黑之中，棉花把他拉进了被子里。

第四章

一星期后，搬家的工作告一段落，新家的气氛让玛娃很愉快，好像完成了一本自传般，让她沉缅在回忆的感性情调中。可是不巧的是，蓝天的父亲正好在这时去世，因此计划中的新居餐会得延后邀请。玛娃试着安慰他，带他到热闹的地方吃东西、看电影，可是安慰人似乎不如想象般容易，吃得丰盛吃不下，好像少了些人一块吃；吃得简单又太寒酸，好像往后就只能这样吃。电影看严肃剧担心更加忧愁，看诙谐剧则又没心情；陪伴嫌太烦，不陪又无情，真是怎么都不行。他自己是认为悲伤会添人家麻烦，但不悲伤又显得无情，两人都不知如何是好。最后他们明白，原来死亡就是一种让人会觉得不知如何是好的事。

"我爸爸是个很单调的人，好像连对死亡都没意见，活着还嫌麻烦。"

"我认为这世界最让人生气的地方，就是在于它有这么多爱的地方，完全不一致，以至于人始终无法找到一个恰当的眼光来看它，结果只为了得到袋子里的一样东西，却不得不同时接受其他一堆不要的东西，这是个骗局，是促销！"有时反倒是他在安慰玛娃，许多平时存下来的想法，这时全被沉思与讨论给带了出来，他也不敢阻挡，否则下次不知何时还是会说出来的。

不过这段日子他自己倒是活了过来，像是从蛮荒森林来到繁华都市，眼界大开，加上补偿心理，他整个人都积极建设了起来，几乎是暴饮暴食。他购买新的服装参加聚会，读起以前从来没读过的时尚杂志，尝试新的感官刺激，接受更一般性的看法，包括存钱买车，应征工作，准备彻底改头换面一番。当然如此也就得丢弃以前的东西，例如绘画和写诗。玛娃认为这是过程初步的正常现象，是暂时的热度，等吸收消化后，相信他会学到如何做选择，所以并不在意，任由他发展。不过在公司早餐会议上，玛娃拉上日照面的窗帘，突然想起也许自己是不敢承担负责，才会不在意地认为那只是暂时的一个阶段，其实心里并不希望他有太大的改变。幸好会议的事务让她不必再想这个问题，正当地救了她。

由他们邀约的新居餐会订在周末晚上，来的人不多，都是熟人，除了携伴的新面孔之外。茉莉交了个在旅行社上班的男朋友，现在她如果再去亚斯本的话，机票可以有八折优惠，至于是否专为了这项优惠才交往的，不知道。看到蓝天他们相处得不错，个性也变了，茉莉心里感到很舒坦；原本放了把火，没想到人家反倒引来取暖。"我就知道你们行得通。"小声对蓝天说，"当然有时候她主见很强，但那些话只是说给自己听的，你不用听，她老是想当男人。"说完便叫男朋友去帮她舀杯鸡尾酒过来。屋子里满是说话声，在听的人只是正好嘴里有食物。

"贵格没有来，我就知道两个会分开。"阳台上两个抽烟的朋友聊说。

"你知道比赛除了胜败平手之外，还有一个结局是：不玩了。因素很多，例如抗议裁判不公正，被威胁，或食物中毒等等，我想他们就是这样，不比了。像是我前妻就是对出赛场地有意见，才会提出离婚的。"往楼下弹一下烟灰。

蓝天带着笔记簿到处打听，上头记满独门食谱、电话地址、养生偏方、购物秘诀等等人家聊到的事，包括几个双关语的笑话。他仔细观察人家说话的模样，学着如何适时地在讨论地毯时加入一些知识与看法。他发现这是个充满红酒与恭维的世界，是个彻夜发光旋转的饰品，高悬于一切之上。得知蓝天会画素描时，几个人马上要他露两手。抓起纸笔，他感到被重视，不再寂寞。

"还有今天的菜也是他做的。奇怪，现在的男人怎么都这么贤慧？"

"因为现在的男人比较爱表现。"玛娃说，大家又是一阵笑。她到蓝天耳边说，在场有两个更会画素描的服装设计师助理，叫他现在不要画了，要他到厨房帮忙一下。那两位高手看着草图，露出有一点勉强的微笑。

"你和他们还不熟，先别着急表现嘛。你去买冰块好不好，没冰块了。"

"所以我才正要和人家认识，画图是个方法，我画得不一定比他们差。"

"你最近都没再画画了，我是在保护你，这个圈子没你想象的那么单纯。"

"保护我、我单纯？是你要我自在一点，你该不会是怕我抢了你的风头吧？你不要因为今天贵格没来被你修理，就把不满发泄在我身上，他们刚才都在说你闲话，我还以为那是玩笑。这是你的餐会，抱歉我没有乖乖当一个展示品。"说完他去买了一包冰块，买回来交给玛娃之后，蓝天就离开了这里。手里接过这包冰冷无比的东西，听着道别的话，她觉得怪异，好像背后这一屋子的热闹只是一条盖在身上的被子，她这才知道自己有多怕冷，并始终把这条被子抓得多紧。还好餐会最后算是顺利，客人带着点心回去，茉莉临走前还改口说了蓝天的坏话。"别在意，我就知道，他一定是自卑感作祟才会溜走的。"送大家上车后，她独自收拾着新家，完全没想到这期待的餐会的结束，竟然也是她和蓝天的关系的结束，她不懂，为什么她一接纳谁，谁就会变成她所不能接纳的人。整理得差不多时已经快十二点，她在沙发旁看到一把雨伞，应该是茉莉忘了拿。这时正好门铃响了，她想一定是茉莉回来拿雨伞。结果打开门一看，竟然是贵格。

本来反应上她会开玩笑说"抱歉，打烊了"，但是并没真的这么说，所以也就突然不知该说什么。贵格本来想好了要说"末日近了，尽量抽烟吧"，可是等真的见了她却说不出话。于是这时两人沉默了片刻。

在来这里之前，贵格考虑了很久，不知道要不要来，他想到要问问棉花的看法，也许女孩子的感觉与他预料的不同。打电话没人接，按门铃没人在，跑到舞厅去找，也没踪影，问谁都没听过这小名，他想这老千一定常常换小名。

"有农药的话我来一杯，没有的话给我一杯啤酒。"坐在角落位子，他回想起那个不光彩的晚上。难道当时留在原地不走还会期望些别的吗？他就像是站在悬崖前，除非别人推一把，自己不敢跳。可是等到真的落入棉花的怀中，他自己却一直无法有期待中必需的反应，不知道是心理上的限制，或是真的非常疲倦了，他感到很丢脸，再等下去只会更难堪，于是只好找借口逃离，甚至必须告诉自己这是错误的，才能将不如意的难堪转变成可以接受的义举，他万万没想到，紧张既害了他又救了他，只可惜被紧张救了反而不光荣，他连做一件错的事都做不好，沮丧极了。幸好棉花顾及他的面子，知道他的苦衷所以不敢刁难，当然这与胸襟无关，因为隔天棉花还是找到了别的男人来效劳。

之后他就像被蛇咬了一般，想到感兴趣的事就紧张害怕。偏偏这时候收到了餐会的邀请卡，他又得让脑子飘满玛娃的形影，假想到底如何的话人家会如何，努力翻出记得的事来做推测的依据，翻来翻去似乎找不到理由做判断。他发现自己自始就害怕表现太差，所以才不敢真心追求玛娃，并继而含怨待之以刻薄，真是惭愧，也难怪当情不自禁以书信表白时，人家会藐视怠忽，以致衍生出这么多枝节。他觉得没脸去见玛娃，但又很想再去见一面，为此他犹豫不决。

独自喝着啤酒，他不敢相信自己在寻找棉花，还指望人家能回答这种拔花瓣的问题，搞不懂自己为什么会依赖一个小妞，难道是因为喜欢在先，才会故意找各种问题和人家讨论，好乘机接近？他实在无法再思考下去了。这时抬头一看，棉花出现在不远的前方，正和一位店员说话。贵格居然赶紧低下头，突然怕被看见，他背着面绕过侧翼溜走，几乎是用跑的。出来到外头街上，他呼吸着晚上疲倦的空气，逃出那个女孩，逃出无数个为什么的问题，他感到自己的脚步就是真正的答案，一条条街道在他面前展开，这一刻他知道只有一个地方要去，虽然时间已经晚了，但这次没有一个条件能阻止他，他决定要去见玛娃。

就这样，经历风波，此时此刻他们两人见面。"进来，客人早走了，我忙到刚才。""我是因为被你的大门管理员搜身三个小时才会迟到的。"两人说。

他以为蓝天还在这里，所以不敢停留太久，只是大略看一下。

"房子不错，光看壁纸就认得出这是谁的窝，矢车菊的颜色，壁虎的最爱。"

"记不记得这盏灯，我们以前在那家餐厅吃牛排，结果停电，后来老板冲出来时还撞到餐桌，害客人被盘子烫到，后来电来了，抬头就是这盏灯。"玛娃有点急着展示每样东西，甚至想换回刚才穿的那套新衣服。她随手把音响打开。"对了，你上次不是说要换工作，结果呢？我那天夜里打电话给你才想问。"

"还好我们公司的部门多，如果我愿意的话，可以调动，例如旧馆的清洁部门。这样子吧，今天太晚，我就不打扰你们了，改天带礼物再来拜访。"

"没有，就只有我在。"说完觉得有点不好意思，"还有很多东西可以吃，要不要看看阳台，视野不错，喝一点啤酒吗？"他们站在一片天连地的都市夜景前，无数细小的灯火远远地布置着起伏的建筑物，绵延到夜空上成了星光。

"听，我很喜欢这首曲子，特别是这么小声时，音乐只剩强音，就像一艘船走了老远，再远就看不见，只剩一道水平线。"贵格看着她说。他们沉默得像一道水平线，身子靠近，轻轻接吻，或说嘴唇的拥抱。吻后贵格说："这是一九七二年份的（比拟为酒）。"她说："我正在做梦，不要吵好不好。"两人笑着。

玛娃其实对自己读那封表白信时的反应有点不安，在后来与蓝天相处时，才慢慢了解到，会不安，全是因为害怕被别人提醒自己有什么欠缺与需要，那夜（找钱包那夜）打电话贵格不在，她就晓得自己的故意镇定刺伤了人家，而会被刺伤就表示是真心期待，表示信上的每句话都是出自肺腑。本来不敢期望贵格还会回心转意，只好选择别人，不料事情今晚却有这样的变化。

"也许我的大脑不是完全的我，所以我自己还真不值得相信。"她无奈说。"请你客气一点，不要批评我喜欢的人好不好？"贵格说。耳边的音乐继续唱着，他们笑着。爱情里头什么都有，愚蠢、欢乐与忧愁，万语千言赛过繁星点点，彷徨与冲动就像浪花伴随海风，世间男女何苦来把烦恼找，费心机、似儿戏，自作多情只为有人来依靠。

浑惜记

收容所的房间里有着一种僵硬的舒适气氛，需要任何东西只消开口，好像人真的是会这样被安抚的。为了配合服务人员的工作，留置在此的人多半得保持清醒，随时准备适切地给予各种反应，这一点顺从是为了减少自己的麻烦。可是只有她例外，自从前天被带到这里，她不是焦躁挣扎，就是痴呆屈缩，忽彼忽此，行为完全没有模式可言，但至少她知道如何利己，还不至于需要靠别人的了解才能存活。在这里，她的异常得到允许，而正常的反应则又得不到任何相信。

辅导小姐在与她几次接触后仍一无所获，她的话语总是简短而空洞，身份、经历与背景都仍是未知，难得一些说法一归纳，更是矛盾颠倒，完全不足采信。她的外形瘦小苍白，相貌平庸，很难看出年龄。心智上的低下也不知道是先天还是后天，低下又是到什么程度。辅导员再多的探究都是白费，毕竟问题是无法回答问题本身的，她已经是这个样子了，所谓的"帮助"，最终也只是让她能够继续这样维持下去。有时想到她能拖延到今天，还真是个奇迹，辅导员看着她。

　　然而要配合这样一个人，让她不被所置身的现实世界威胁，又是件多么矛盾的恶化循环，这疯狂的主意是在让她的疯狂更稳固，更得到承认，同时也就更加难以被维护。这么说好了，她的外表虽然是人类的一员，但在心智上其实无异于一只平凡的猿猴，就算教会她如何生活，她也无法明白那些行为的意义与趣味，她最终还是那只平凡的猿猴。于是在这奇特的沟通与观察的过程中，莉莉发现必须暂时不把自己当成是辅导员，而更像是动物研究员。因为对她而言，再先进的现代都市，也与一片荒凉的沙漠没有两样，例如麻雀在高楼大厦的缝隙中筑巢，它并不晓得自己是在什么东西上、这是西元几年、哪个国家、国民平均所得是多少，她是个人类中的白痴，一个可悲的累赘，一个根本上的错置者，更不属于自然界，是个注定的毁灭物。医院的检查报告上说，她已生产过，患有性病，有轻微脱水及营养不良等症状，须住院观察治疗。原本她就快要毁灭，但是却及时被一位善心人士在高速公路旁发现，因此得到救援，这世界不准许她毁灭。

　　根据新修订的法律条文规定，她的确符合社会服务部门负责安置的条件，但是莉莉考虑将案子提报给私人慈善单位来处理，再视审核情况请相关的专业资源协助，在此之前，自己还是必须负责对她进行初步的了解，包括失踪协寻方面的调查。坐在一旁看着她闲置的眼睛，心里不禁问着"你到底是谁"，可是又想到一个人会落到这个地步的话，那知道她的身份又有什么用？除了真正能帮助她的人以外，谁带她走都是不恰当的。

愁烦地回到狭小的宿舍卧房，莉莉边吃着固定菜色的饭盒，一边翻阅借来的参考书籍，试着找出以往类似的案例。在写报名书的同时，她收到向医院借阅的资料，上头数值显示，她得有中度的口腔黏膜下纤维化，这可能是她曾经嚼食过当中含有刺激性添加物的食品所导致，而本地似乎没有这类食品。莉莉疑惑地趴在桌面休息，脑中还是她让人印象深刻的失常模样，"那她到底是从哪来？"她心里问着。记得她还露出过笑容，在某一刻，她的模样并没有错，有时莉莉甚至认为，她的心智并非空无，她只是被一扇门给关住了，无法表达，人们则无法看见她有什么东西。莉莉必须靠想象力才能了解她所处的状态，但是想象力又可能偏离事实。接着尝试与她多一点互动，命令她做某些简单的事，如把某件东西拿过来、拿过去。在她这样草率应对的过程中，莉莉发现她很不希望被人家看见，被注意到她的存在，这究竟是死欲，还是一种类似隐形以利于窥视的渴望？不，她并不符合一般演变的基础模式，她不复杂，而是格外单纯，可以一眼看穿，再多的经验也进不去她空无的心智中，就像是一个绝缘体，一个孤立的空间，超脱于现实引力之外，没有秩序与定点，更没有相对比较上的具体概念，是不可测知的。

拒绝了同事私下的邀约后，莉莉才恍然意识到自己居然那么投入。甚至没听清楚是邀请去哪，脑子里满是这件事，也不晓得为什么自己沉迷于这件事。自己几乎可以想象她就像一头小兽在一片荒凉的野地上游荡，四面远阔，浑懵穷极。莉莉仿佛被自己的思绪催眠般，神游异境，智性昏昧。会遇见她难道不是早知道的事吗？她选择这条路，无数个夜晚的独处求知，不就是想准备遇见她这种人吗？

　　想想她花了多久的时间，走了多远的距离，遭遇多少事才流浪到北部这里，觉得这一切真是不可思议，好像是被什么牵着专程来找她似的。此后莉莉随时都想要看见她的活动，哪怕一动也不动，或者胡言乱语，但是又怕自己在场会影响到她，会变得紧张并激化敌意。于是只好用监视的方法，窥知她整天连贯的状态，甚至未经所方的同意，晚上擅自带她外出。莉莉从她些微会意的反应中得到莫大的鼓励，放她一个人在路上走，自己则尾随跟踪，好像在放一面风筝一样。她的每个动作都被记录和理解，笔记簿上潦草的字迹写着：

　　……她走路的速度不平均，路线维持直线进行，应该是与视觉上路的方向导引有关。她对四周的近程景物并无反应，障碍物会引起短暂的判断，回避或克服端看障碍程度。她的肢体协调性会受外在条件干扰，适应力较迟钝，不明白会威胁好奇心，但隐秘遮蔽处能引起注意，有时仿佛又会看见不存在的东西或错看。

　　……外出时精神较为振奋，但是不懂主动要求外出，也许是她的记忆需要外在刺激才会作用，类似一般人说"如果让我看见，我就认得"的情况。应该不可能有 BINSWANGER 氏或 MID 那方面的毛病？她认得我之后，有时会把一些和我不相像的别人也当成是我，但所有人都躲避她，人的接触一旦陌生化，就会把需求变成排斥。她的心智结构较一般为简化，情绪激动时容易维持一段时间。

　　……我从来没有和任何人那么紧密在一起过，她的纯粹与异常吸引我，因为她是绝无仅有的，她在毁灭的边缘静止，她的生命被这世界以外的力量左右。

　　所方主管对于莉莉个人化的行事作风很不以为然，要求尽早将案子提报上去，让别的单位接手。他对莉莉这样严正指示，目的也是想看她的反应，以便判断接下来应该怎么指示才对。结果她反应过度，逼得主管不得不将她们两人隔离，交付其他工作。起先这个限制真的激怒了莉莉，还差点酿成风纪违抗事件，幸好后来在同事相劝下才平息思绪。倒不是劝说的内容道出了什么，而是"劝说"这个动作吓醒了她，因为她没想到自己会是需要被劝说的对象。于是她接受迁调，到所方本部暂时帮忙处理行政事务，不再与人家见面。

　　由于少了莉莉的带领，她的情绪开始显得更加烦躁，对制止者还以暴力，必须用药物勉强控制。夜里透过十字花纹的毛玻璃看着黑暗的天色，她似乎想起之前的出游，外头有一个开阔的空间可以走路，从来没有人对她这么好过，来回接送、准备食物、海的声音与气味、肢体的接触。一比较就意识到这里如此封闭，根本无法忍受。她一定会不顾后果反抗各种控制，向空旷的前方奋力一跃，一定会逃离那群不了解她的人，好像被一阵狂风骤雨夺走般，掀飘远去。

几天不见后，莉莉还是想去看看她。一到办公室外头，就从同事打招呼的反应感觉到事情有异，果然，那个房间里换另一个人住了。

"她被送到哪去了，为什么不先告诉我？"莉莉想了片刻问。

"我们有安排了，你不用再担心这件事。"

"我不相信这么快就安排好了，那我要去看。该不是逃走的，还是被你们放走的，不怕这样处置到时候会出事吗？"

"你这样是在让事情更棘手，和她一样的人每天都有，何必这样？对，人是我刚才放的。最近你被工作忙昏头了，我不想再刺激你，你最好回去休息。"

"是你们要我让事情更棘手的。"说完便摘下识别证，悻悻离开。焦虑地步下层层阶梯后是坡道，坡道接上曲路，曲路导入大街，汽车的灯光像是在四处探照搜寻着什么。只看得清楚附近，远一点则幽暗不明，非得过去才知道那里是否是死巷，这一回头望，之前的位置又陷入一片幽暗。不知道该往哪里走才对。"如果我是她，会走哪一边？"她站在路口想。"该不会她也在找我，那她会以为我在哪里？"她的身影在夜晚中像是一叶扁舟，一会停滞打旋，一会悄然畅漂。

自己所掌握的观察记录真的可信吗？假设的成分是关键，现在是考验它是否充足的时候了，没有存疑的余地。没有心智的人就像失去主人的家，屋子里堆满了各种所见所闻的事物，没有人去整理，杂乱废弃，形同没有。若主人在此穿梭，则一切都会逆转为美好。失踪的主人选择了最平凡的一天不告而别，从此意识便像一个侍卫般诞生，日夜警醒巡守，一个人的到来，取代了一个人的离去。

她必定会肚子饿，想找吃的东西，光亮会吸引她过去。前面往郊区方向的桥头有着几家小吃店，几张桌椅挤在路边，塑胶布搭成的雨棚斜垂，没有围罩的电灯泡裸亮地悬吊着，计程车司机把车停在桥下，坐在那里吃着油腻腻的热食，顺便喝两杯酒。有家店内的一角摆了一部电伴唱机，一个醉汉抓着麦克风唱歌，声音大得不能不去注意。外地面孔的女人穿着围裙，在热汤的烟雾后忙着准备食物。年轻的丈夫骑着机车载着怀孕的妻子来吃消夜，还有归营的军人，以及租住各处的学生，每个向这里聚近的人都不是她。走上桥边放眼一望，一排排住宅楼房绵延，夜晚将世界变成一片碎密的灯花。

拒绝就是她的防御力，她拒绝所有能对她造成威胁的事物，拒绝甚至是她的判断力，她会由被拒绝者的反应来认定这个人是否能够信任。如果我提出尝试的要求不到两三次，她是不会接受的。我认为她的所有行为都不是我们纯粹察觉的意思，这是种自然的克难现象，如盲者发展出灵敏的听觉一样，她的心理也必须靠异常的操作才能正常一点生存，而且必须更加不清醒才能生存得更容易些。

　　停下来怕跟不上，急着走又怕错过，要继续下去就要忘掉已经走了多久，别去想还要走多久。游走才是种真正停止的感觉，重复同一个经验，没有根本的改变，疲倦让精神涣散，尊贵的思考能力被瓦解，这是人所能去到最远的地方，这是一种无法自主的诗韵的状态，意识散布四周，像是一种感官上的速读，一目十行，仿佛自己被整个蔓莽无记的世界所触碰，一刻也无法挣脱甩开。那是种被冲灌同时又被卷带的感觉，形体与秩序都要在这时从它所在的位置脱落，主被动在交合下不断移换，她成为闪烁光点的一部分，所有的知觉都是在最细微的脉管中输送，虫蚁的藏身与密布，不止的力量栖附，于一个点，点是路的尽头，水要大到像海一样才能有海的作用，那是什么？再过去就可以望见，一整个人的全景。

　　我为何被由她所引起的各种假设吸引？我的投入只是在摆脱她的吸引……

　　她走进布满各种物体的拥挤空间，包围她的线条折出难以辨别差异的形状，她寸步难行。她让自己在这里移动，没有目的，她。

详　梦

　　要往南走得先越过山区，在一路的上坡与弯曲下，机车仍旧平稳行进，后座的女孩牢牢抱着男孩的腰，几天下来，他们更加相信彼此当时的决定是对的。生于同一年同一地，两人成长的记忆有着许多共同处，回想起来好像自始每件事都是为了撮合他们才发生的。

　　除了几辆载运砂石的大卡车之外，整片山头就像是他们两人私有的地，借过反成了巡游。打开车灯，他们预计夜里就可以下山，可是才刚过午后，朝开阔面远望，一片灰暗的天色似乎渐渐逼近。这幕让他们想起来，已经连着几天没看新闻和气象预报，两人完全忽略了彼此之外的所有事，偶尔吃饭休息时也没想到要留意一下别处有没有什么消息，甚至他们没怎么吃饭休息，没注意到别人或天气，这有点像人在伤心时会忘了喝水吃饭的道理一样。落在这个前后两头都还遥远的半途上，要找地方避避并不容易。当他们正觉得不知如何是好时，一辆路过的汽车在他们的一旁暂停，车内的人摇下窗子说："你们怎么还在这里？大风沙已经来了，大家听宣导都躲在家牛了，快走吧。"丢下话车子就走掉了。他们满脸疑惑，紧张地堇着阴暗无际的天空。见风势渐起，两人随即加快离开。

没一会，层层细沙刮过脸庞，眼睛就快要睁不开，用方巾捂住口鼻，车速快不起来，风沙来得比他们想象的还要快而剧，难怪路上没有车子。就在焦急无奈之余，两人无意间瞧见前方岔路口处隐约有一个破旧的指示牌，上头的字形不明，大概是什么"寺院"。他们反应想到除了入内暂时借避之外，也没有更好的办法了，于是车头一斜，便往窄小的岔路去。这条崎岖的路还不短，两边的草长得又高又密，几块墓碑与垃圾深陷其中，暴躁的蚱蜢四处弹射。煞车一看，不料前头没有去路，是条死路，环顾四周，发现一旁有个标示，指着一条只能步行上去的陡坡。他们心想既然已经来到这里，天气又变得更恶劣，那没办法选择了。土石叠成的阶梯忽高忽低，又没有扶手，背着行李捂着口，爬得有些吃力，这情况虽然意外，可是想起来倒也合理。在几把推扶下，他们总算来到了寺院。

仔细地察看门窗是否紧闭，他的谨慎让一旁的弟子对风沙的来袭更加不在乎，认为完全是为了要教训人家的大意，才会故意变得谨慎的。"就不信风沙能有多大，又不是天要塌了。要真是塌了，防又有什么用。"他没回话，皱着眼眉站在玻璃窗前，一直望着转暗天色。在这里十几年来都没见过这种天色，灰白中翻搅着褐黑，好像云层腐坏了，光线被染得污浊。

　　弟子知道自己所说的话，一点都不是自己真正的意思，但是又为何希望自己被认为是那样愚蠢？弟子退到厨房去看仆人刚刚写好的食物分配计划。考虑到种植的菜圃可能受天气影响，除了米面之外，这回还难得采买了些谷豆根茎类的材料，一袋袋堆放在橱柜里，看起来好像不能减损的宝物。仆人对这些带回来的食物有着不同看法，记得购买那些东西的经过，总是把眼睛盯在那些色彩鲜艳的表皮上，买了就抱着纸箱匆匆离开，等走到看不见他们时才回头望了眼远远的人影，远得像几撇海鸥。每次回来后就会到大殿中闭目静坐，那个位置与动作像是个坑，一填进去就动不了，他专注的样子，让偶尔来到寺院的信众觉得连自己的呼吸都会打扰他。

　　大僧的沉默退避让他们感到既轻松又挂意，觉得自己是被测试，一言一行都被看在斜眼中。而他则是就怕被他们这样以为，才会尽量给他们更多空间。他坐在桌上的一碗清水前，脑中背着忘不掉的经文。最近他开始遁入一个思想中，他相信未来是可以预见的，从许多细微的迹象中，他留意察觉到了一些规律，哪怕只是起一阵微风，或正巧一只蚊蝇闪过视线。更重要的是，他从无数次替人解梦说谕的经验中，发现众人个别所做的梦之间，其实是有关联的，好像是接收到空气中的一种讯号，而这种讯号也会影响到日常的景象。他有一本册子，上头记录了诸多人们梦境的情节，他沉迷于其中几个情景重叠，相似的故事，试图解开其中的谜，并且认为自己有解谜的使命。

这碗清浅的水令他陷入冥想，好像他决心要把清水看出个端倪。他设身于许多故事角色，借体会而神游他方。就在这时候，敲门声打断了他的冥想。

"请问可不可以让我们暂时躲躲风沙？等过了以后就离开。"男孩说。

"不用客气，请进。"弟子上下瞧着这两个人，退了几步。接着仆人也从一旁走过来，看他们需要什么帮助，也看看是什么样的人此时居然会出现在这里。在领他们去盥洗室时，大僧站出来，看着放在地上的背包，闻闻气味，他猜想这是怎么回事。边走边看，除了预料之中的简陋外，他们没想到这个寺院这么小，好像进到了一般人的住家，但是空无一物的屋内又让人以为它没有大的必要。擦一擦身上的尘沙，他们坐回放背包的角落，并打开拉链，拿出水壶和吃剩的饭盒。这个男孩看起来高大沉稳，女孩则瘦小而貌美，轻声交谈时彼此模样亲热。平时来到寺院拜神，求助解梦的人都不是这样的年轻人，要不是真遇到了麻烦，他们是绝对不会出现在这种地方的。

渐渐地，窗外开始刮起大风沙。先是远景被遮蔽，接着连附近的景物也被模糊，褐黄的飞沙如烟雾般到处弥漫铺盖，所有露天的空间与面积全被绵延不断的尘沙一网打尽，每个缝隙都要侵占，一片风沙才刚落地成土，但随即又被一股风势高高扬起，永远漂浮不定。这个景象让大家愣住了，从来没有人见过这样的天灾。大僧说："风沙不会马上过去的，你们哪也去不了，我看就留下吧，等风沙过后再走。"他的表情与说话声就像这个地方一样空净，让人怀疑他会不会是瞎子。男孩心想目前也只能这样了，也许明早风沙就会停止，恰好休息一会，反正没有损失，顶多给点献金。这个封闭的空间对女孩有点压迫感，仿佛时空隔绝，一切有些许的不真实。

跟着弟子进入后方的卧房，眼前简单稳固的木板床上，整齐地放着干净的素色床被，柔和的灯光让墙壁的颜色显出淡淡的柠檬绿，与想象中完全相反。一口小窗在中央对着隐秘的树林，这里的确很适合安睡。弟子说这是以前一个住客自愿帮忙整修布置的，他们不清楚为什么寺院里有供信众安睡的地方，而来借住的又是些什么人，但是却没有发问，心想人家一定没回答过这么基本的问题。舒服地休息到傍晚时，弟子来敲门，请他们来厨房一道简单吃点东西。

两边分别坐在长桌的两头，桌上分在几个小碟里的是烫煮过的菜叶，碗中盛的则是粥状的谷类杂烩。"请勉为其难果腹吧。"大僧比了个手势说。他有一点以寒酸的菜色为荣的样子，并不视"招待"为此地此人应有的表现。虽然清淡的口味不合，但是两人为了礼貌与饥饿，便快快吃掉了事。仆人在一旁面有愧色地心想，这两边差异这么大的人，怎么会凑在一起，为什么自己觉得这些食物已经不错了？他不明白嘴里还会需要什么，更不希望被人家认为他竟然敢把这种东西端给人家吃。一旁的弟子想法正好相反，他觉得这样能让人家更尊敬，并且更明白这里是个什么样的地方。

通常在晚上饭后，拜神的住客们会聚在殿中，听僧侣说经讲道，静坐沉思。但是这回显然不同，退下休息片刻后，大家都觉得空闲，知道屋里另一边有客人在，怕有嫌隙，便兴致一提，想破例煮一壶甜茶，邀请两人一同聊聊天。男孩起先没有意愿，几番婉谢，但对方却还是执意，于是为了气氛与收留的情面，只好安分亲赴，认为大概是要劝人信教。女孩对他的风度很支持，同时也喜欢与他成双出现在别人面前的感觉。

仆人起先有些兴奋，但是随即抗拒这种兴奋，觉得这情景太过怪异，实在是自找麻烦。晓得双方都会有些不自在，毕竟这是个多么偶然的机遇，大僧尽量维持作为一个主人应有的从容模样，暂时搁下平时的成见，试着与外人做点基本的沟通。他让弟子先说说自己在这地方住多久了，并问问他们是从哪来、要去哪，可是反应依然有限。于是大僧提起了他帮人解梦的经验，说到几个解梦后使人在做重大抉择时得到助益的例子。凝视着茶水的热气，他喝了一口茶，突然打算说几个故事给大家听听，当作是消遣。

他隐约的微笑像是拉开了一道舞台的布幕，语调轻缓如同一条横在面前的河流。男孩与女孩已经好久没有听故事了，他们记得这种气氛，心神仿佛被一个声音带到了异地。此时屋外正浩大地刮着不歇的沙尘，悄悄地要埋覆这个世界，所有的人都躲在屋盒里，既受到了限制，同时又得到了开启。

故事

　　这是个关于开天辟地的故事。最初，沙子是从何而来，生命又是自何而起呢？当时，在一片黑暗中，悬浮着一块巨大的石头，这块石头光滑坚硬，厚重密实，是个孤独的男神，他静止在原地，在无限中沉思。有一天，远方飘来一个渺小的白点，这个白点是生命女神，是一个散发着美丽幽光的种子，她虽然渺小，但是却蕴藏着无尽的生命力。长久以来她在黑暗中漂流，为的就是要寻找一片可以落下植生的柔软沙土。

　　石头男神一见到她，就被她的生命力与美丽吸引，渴望与她结合，于是便向她表示爱情。可是生命女神知道他是坚硬密实的石头，并非是种子想要寻找的那片柔软沙地，于是便拒绝了他，错身离开，继续前行。

　　在被拒绝的悲伤与羞愤中，这块石头居然破裂成两半，他每次一伤心就开始破裂分散，二破成四、四破成八、八破成十六……如此伤心不止。等到破成了无数小石子之后还不罢休，他愤怒地再让石子互相撞击粉碎，敲砸研磨，直到自己在崩解毁灭中慢慢地伤弱死亡，而他的尸体就是这片柔软的沙地。

　　于是，生命女神在历经跋涉、游遍四方之后，终于遇见了这片寻找了一辈子的完美沙地。她伏降栖身，疲倦地躺卧下来，像是在与所爱的对象同寝般满足，完全不知道也不相信这就是当年向她示爱的石头男神。不论如何，生命的种子已经落土，生物诞生，开始繁衍，无穷无尽，一直到今天。

创造不过偶然，一切都是命定，未来也不例外。爱情只是孤独，不存在的欢愉，让真实成幻象。是的，梦境里是个窝藏秘密的好地方，那里头有着多少故事和真心话，等着要让失去意识的人看见听见。没有人能把秘密携出梦境的，每一次的苏醒都是离别，朦胧的记忆永远让目击者言词犹豫，就像相爱的男女久别再会时，只能以简单几句话代替多少日夜的思念。寻找、等待，时间是路程，在生命里，人人都是流浪者。既然说了一个关于自毁的故事后，那接着再说一个类似的故事好了。若说，爱情是一切力量的总和，那死亡何尝又不在其中呢？

有一个男人，离开了热闹的家园，独自来到一个偏远的深山里，为的是要修道成仙。这逸民住在山洞里，饮食一天天减少，对世事不思不想，长久下来虽然艰难多挫，孤苦病弱，但他心意坚笃，无怨无尤。

一天清早，当他到溪涧取水时，无意间看见下游有一个女人也在取水，他没想到会在这种地方见到人。讶异之余，他兴奋地想走过去打招呼，因为他已经太久没见到人了，心想一定是志同道合的人。不料那位女人见到他一接近，马上转身就离开，往另一头的林子里去了，完全不理会他。这个女人果然也是来这里要修道成仙的，不同的是，这女人秉性超然，资质颖慧，心思摒绝，成仙有望。

回到山洞，他开始心不在焉。自从那个早上见到那个女人之后，他的脑中就一直无法不想这件事。他不懂为何人家那么冷漠，在这么偏僻的地方巧遇了沆瀣一气的同伴，难道连打个招呼都不值得吗？他越想越急躁，想要去认识人家，完全无法继续虔心修道。在此同时，那个女人的道行日益精进，终于形体消隐，化身成仙，来去自如，无影无踪。

循着路迹寻找，这天他忍不住来到那个女人以前栖住的山洞，带了一点食物打算来拜访人家。结果不料只看见一些住过的痕迹，却空无人影，留下来待了一夜还是见不着那个女人。失望地走出来，单调的景象让他满心愤怒，几乎就快要发疯。这时草丛旁突然蹦出一只灰兔，吓着了他，一气之下，他抓起棍子就是一阵追打。这个举动引来了那个成仙的女人，现形飘来，施法一掌就把他推倒在地上，站在他面前说："莫弃仁慈怜悯之心，放这生灵一条活路吧。"他看出这神仙便是那个女人，非常惊讶，同时心中更产生一股羞愧与嫉妒，认为成仙的应该是自己，觉得自己被抛弃，所有的苦都白受了，于是气愤地对仙女说："谁对我仁慈怜悯过呢？我要把别人对待我的方法，用来对待所有生灵，不，要成倍报还，我要成为至恶的邪魔！"仙女对他这样疯狂的反应很同情，但也无能为力，于是只能摇身隐形，悄悄离去。他怀着怨恨，发下毒誓，他要召唤恶灵降附，要与仁慈的仙女对立。

他开始遵奉巫术，宰杀禽兽，将血涂满全身，并饮血七日，口念咒语，彻夜不眠。他从来不曾这么专注投入一件事过，意志过人。不久后，他果然成为一个法力高强的魔鬼，他不但引雷电焚烧森林，还到村落里散播瘟毒，残害众多生命。那位仙女见状后，不顾一切前来制止，既要拯救受灾的人，还要消灭降灾的对方，因此显得有些势孤力寡，难以招架。得意的魔鬼在发现仙女会援救那些被他伤害的人后，决定设计陷害仙女。

有一艘捕鱼的船在凌晨出海，到了海中时，突然一阵风浪不知从何而起，硬是将渔船困在海上，任凭怎么奋力，也挣脱不开风浪的侵袭。发现这一幕后，仙女便立即跃向海面上，觉得这全是自己的责任。当她施法要将渔船推出一波滔天巨浪时，背后忽然又一股强大的力量将她狠狠压到水中，仙女怎么挣扎也没法得救。隔着水面，她看见要把她这样溺死的就是那个魔鬼，那个疯狂的男人。仙女知道自己快要死了，最后决定抓着魔鬼的双手，将他一道拉下水中，与他同归于尽。魔鬼没想到自己会被借力给拖下水底，心里顿时害怕了起来，他想，如果放手逃走，虽然自己得救了，但也就杀不了仙女。这个矛盾让他觉得无比脆弱，于是手抓得更紧，双方一起往下沉。他们彼此悲伤地注视着对方，不知道为何会有这样的结局，魔鬼在死亡的前一刻才知道，原来自己深深爱着这个陌生人……

多么可悲的故事，仿佛海水是因他们而味咸。要如何才能分出什么是爱与恨？孤独与疯狂的不幸，将人折磨成一个个故事，这是灵魂的标本，然而鉴知者何在，谁来为人的挣扎置评？做梦去吧朋友们，梦境是我们共成之物，梦境没有你我之分，在那里，始末乃并存，善恶皆一体，在这圆环中，我们将永远混合与散离着。

漫长的夜晚，仿佛让这个偏远的小屋越飘越偏远，那些故事的情节与角色还在脑中，还有那些抽象的字眼，让人久久无法入睡。好像在一个荒凉的边缘徘徊，究竟还要多久才能入睡？意念做不了主，只能等待。风声像是巨大的喘息，将飞沙织成一层层布被。温暖的床铺与身体间没有间隔，全盘接受。

梦境

最担心的就是，发生了，风沙一直不停，怎么锁了门还挡不住，眼睛睁不开，有了，用透明塑胶袋包住不就行了，不行，会死，倒在地上，嘴巴却还活着，像市场的鱼，死人的嘴巴在说故事，说个不停，眼睛随时要看着，否则就会从身旁突然冒出，什么友善招待全是假的，还不是就想要抢走人家的朋友。

背对着别人，不要回头，会被看见不高兴表情，会被认为担心自己被人从后面勒住，不是游戏或玩笑，可是这样就什么也看不见，自己的腿骨怎么那么弯，难怪不会跳舞，好像腿就是一双……那种踩在高高的竿子上叫什么？围观的人等着看出糗，没出事就不满意，老是为别人是否满意而活，没意思。

男孩躲在窗外偷窥，故意走开就是要等着看，会不会有谁接近女孩，一定老早就想接近，本来不想，这回看见只有她一个人在，有充足理由过去问问。白费力气，没有女人会喜爱不会伸手过来摸摸头发的男人，绝不会。永远是男人得主动，她们只要坐着等就行了，让大家争夺。他们才没那么笨，被试探了还不知道，宁可只是看，眼睛看最省事，不是眼睛睁不开吗？当时看错走错，所以才迷路。

其实这人根本不是什么僧侣，只是一般人披着一件袍子罢了。他在对女孩说话，反应不要太强烈，要当这没什么，要跟着他走到哪里，弟子守着门说：没事，走开。人家既然自愿，相处愉快就成全吧，别碍着人家，也许抛弃是要惩罚女孩，或者是要考验男孩，救或不救？这么爱表现，对谁都不信任，那就好好利用人家的信任跟尊重，一定会这样想，女孩子就是需要被推一把，觉得不好意思。

手在她的肩膀和手臂上轻轻摩擦，手掌像只乱嗅的狗，没有思想介入就没有对错，背部就在附近，一移就到了，狗变成蛇，缠住了腰，滑向腹部，衣服薄弱不堪，救出皮肤，皮肤像一缕白烟般细滑晃动，烟幕薄轻如纱，飘飘舞旋，空濛迷幻，绵延展放，散漫虚尽，渺然无踪。女人在被占有下消失，女性不存在，世上只有一大片多得像沙子般的男人，干热地堆叠在一起，互相牵带推斥，铺天盖地而来，小心男人。

做决定，遇到同样一个问题，为什么有的人会做出截然不同的决定？出发前，唯一知情的姐姐，下班还穿着制服就赶过来劝说，别跟着那个人走，小心男人，从前没说过这样的话，因为没必要，等到有必要时才说，已经太迟。小心男人，为了说服而夸大的说法，反驳说：相处无关正确，而是需要。又挺又干净的制服，记得随时联络，被窄小的机车载走，一切全在于做决定，有主见的感觉真好，变得成熟懂事，需要这种感觉，让别人知道原来有多么坚强，等待了很久的机会，从小就开始准备，锻炼。母亲说：这孩子个性怎么那么倔强，爱惹人生气，更得意了，尤其是走在市区最热闹的一条街上，故意的。

要跟好，别走丢了，放心，又不是托儿所的小孩，已经七岁了，终于可以让人家稍微放心一点了，但是又还不像八岁那样知道如何保护自己，正好这年纪，不肯让母亲牵手了，有什么办法，好像烦人的事还不够多，跟她父亲是一个样的，绝不听人家的话，不顾后果，去吧，最好吃个大亏，不信还学不到教训，嘴硬，不知不觉，越走越快，街上的人潮在四周来回，有个女人居然穿金色的短裤，半阴半晴的光线，天桥阶梯的铜条凹陷，泛着油亮，鞋带松了，靠边蹲下，等绑好时抬头一看，见不到母亲的身影，四周只有一张张看不完的陌生脸孔，独自一个人，在这条大路上，耳边是一片吵杂的汽车声。

站在原地张望会显得一副走失的样子，自己已经这么大了，不该还像个小孩子般，慌张甚至哭泣。走失是件多么丢脸的事，绝对不能让人家看出来，要假装没事，继续走，否则一定会有成人好意过来关心，宁可就此走失。继续像先前一样走，看看别人都是往哪走，就跟着一起走，模仿大家走路的样子，那就会像隐形人一样安全。一整排的商店，是洒在前方引路的花瓣，玻璃橱窗里及玻璃门里面，有各种商品陈列、堆放，玻璃上反射出自己的影像，像见到了熟人，这是同一个人，这就是自己的全貌了，没有别的，亲近的人会不在，住的房子会不在，没有落点，脱去装饰，这才是真相，真相被察知了，像一道闪电，惊讶地看着这平常的街上景象，顿时觉得一切显得多么奇诡、浅薄、巨大、混乱。

辨别认识的字，广告招牌，右起或左起？还不懂得词句，误解的词句，以前一直是不知不觉，原来每个字都是具有意思的，清醒地看着新鲜的字型与图案，自己并非真的对此有兴趣，只是因为正好被这些东西围绕（就像古时候的人被动植物围绕），看来看去还是字，字像卫兵一样，埋伏在每个角落，拦阻无知的人，附着在已经创造的东西上，如蔬菜上的虫，被牵引，要模仿得像所有人一样。

主见，被灌输的主见，到底最终什么才是自己的想法？要回家去，回到家人与学校的轨道上，因为自己只属于那个地方，那是个多么独特的地方，物品的摆放位置是熟悉的，一拉开某个抽屉，就知道会看见剪刀与糨糊，那是个椅子把手有着美丽弧度的地方，冰冷的大理石桌面上，烟灰缸的造型，唱片的旋转与音乐，所有印象都来自那个地方，那是一个标准，判断的依据，无可置疑的，而现在却离开那个地方了，因此才会害怕。

　　确信自己不是被遗弃，但有没有可能是被设计、被测验？像是从前有一个夏天，父亲躺在地上睡觉，睡了很久，想去叫醒，可是却怎么也叫不醒。起先认为是恶作剧，后来心里开始害怕，觉得奇怪，会不会是死了，可是脸上又好像有笑容，才要拿起电话准备打给一一九，父亲就起来结束了恶作剧。原来是好奇，想要看看一个四岁的孩子对于父亲死亡的反应，就像父亲想要把自己小时候失怙的体验传递给下一代一样，并且感受从前世上一代人早逝，丢下子女的感觉。被开玩笑，瞒骗，真难堪，所以"走失"根本很可能只是一场刻意的安排，家人其实正在附近窥看，这一次绝不上当。

　　干脆从此开始"流浪"，想起来就兴奋，像电影中的海盗一样，可以睡在路边，可以展开冒险。原来这些幻想，凭空创造的幻想，才是自己真正的"主见"，其余都是别人的指挥。仿佛知道自己有一天会做一个重大的抉择，去与所爱的人离开这里，去当僧侣，去"流浪"，要去那个可以让人充满幻想的地方，回家，不是找警察帮忙，而是拿出口袋的硬币，搭上一班循着固定路线行驶的公车，从此，自己便和从前不一样了，心里知道，世上有个答案在等着自己去寻找。

　　但是，经过不知几次的大扫除，拆除，丢弃，焚烧，一切就完全不再是那么回事了，没有延续或衔接，大水在路面上没有目的地淹流，公共汽车底盘吃水，机件故障抛锚，车上塞满了互不认识的乘客，被困住下不了车，等待让一些人想透了一些事，却也让另一些人想不透一些事，做决定的心意受到改变，等待是被夺去的时间，何时会完全耗光，每一天，既被时间折磨，又被时间救走，遗忘从来不是一种本领，因为那正是时间的作用，底限临到，沉默是死亡的语言。

镜中的忧愁模样让自己明白，这二十三岁的面孔本身就像一张面纱，一张掀不开的面纱，直到某一个人出现，才意外在黑暗中头一次看见自己真正的面容。那是个异性，一个在家族命运安排下，诞生于异地的陌生人，某一天，带着一箱绑着名条的行李，进到屋子里，是个可以相信的人，不用多少话语，就可以感觉到相同之处，像是同时分置于两地的一个人，如今会合，同样的愁苦与轻蔑，完全能够了解彼此，了解上一代只是因为听不到早逝的祖亲对他们说"你们很乖，我很骄傲"，所以才会一辈子刻薄愤怒。

言语因所说的事而变得真挚，心中才刚得到了安慰，便要为相处的时间即将结束感到愁苦，这才体会到自己的渴望。无法找到替代，动人的力量左右着心思，从箩筐里的脏衣服到晃过墙壁的淡淡影子，都留在眼中，潮湿而悬有香味的空气，在呼吸中一次次伸进体内深处。夜晚无路可走，越过了界线，被黑暗接纳，禁忌包覆在皮肤外，肉体被自身的价值所灭绝，障碍阻挡了想要得到的。有时候，这世界像是一层覆盖着身体的尘土，无法动弹跃出，分离后的孤独是应得的惩罚，没有颜面再见到任何人，屋外开阔明亮的天空探照着罪恶，自身只是空无的一部分，聋哑将意识磨灭，静滞无际，日夜空转。冬天的皮肤被厚长的衣服包覆，与冰冷的空气隔绝，感官截断，打工时戴着乳胶手套洗完一堆油腻的碗盘，回到柔软的长床上，塑胶袋将头颅封裹，湿热的水气黏贴脸颊，等待不曾如此漫长枯燥。生命给了时间一个形体，眼泪是无色的血，终点就像一面网住昆虫的网袋，惊惧与慌乱地挣扎，才是真正的遗言与遗像，有谁能被自己的疯狂所拯救？

　　上完受训的课程过后，长墙外头的路上，走了长长一段路。汽车一辆辆接力冒着毒烟，经过老旧的店街时，在一处停下来，搬着一小罐笨重的灰色钢瓶回去，费尽力气，行为毫无疑义处。没有景象是有异的，关闭的门，无声的房间，担心瓦斯泄出的气味被发现，引起多余的危险，躲入窄小的橱柜中，管子的接引，化学类的臭味令人头晕，一点一点无法忍受漆黑干脆吸下一大口瞬间不曾一次产生如此多的泪，像界桥下的流水，呕吐打断了这段离程，跌落冰冷的温度中，撞击知觉，一团重物，为何欢愉要存在于这个不容许它存在的现实中让人追求？语言抗拒自身的作用，没有任何东西可以让痛苦与泪水产生意义，年轻即是积蓄这些废物的容器，自我是背叛的证据，日落向人们展示着光线的终极处，死亡盗取人心中的秘密，寻找与表达成为求救，逃逸给了幸存的人一个画像，在此，得以看见自己。

　　私下说过那些回忆，一路上，设身处地想想，能否感同身受，靠的还是想象力，真的能体会吗，怎么晓得，如果不能，那就好像虚假的、粗略的描摹而已，计较，为了达到目的捏造出来的，还是纯粹信任，想象力的材料，有类似的，以为自己能够了解。男孩在窗外窥见女孩被大僧诱拐，认为也许是眼花了，只怪自己忌妒心作祟，不敢看下去，否则会怒不可抑，一定会杀死那个人。或许男孩想起自己不也是诱拐女孩，所以惩罚自己，还是终于认清这女孩的本性，觉得这种女人不要也罢。也许女孩想试探男孩是否会来救援，才会故意不抵抗的，不然就是两人对大僧心生同情，不，应该是想拆穿，羞辱那个大僧，好像在说：看吧，表面上不凡，私底下还不是一样。所以才会顺从不阻止。自己的思想就是"揣测别人怎么想"，甩不开的声音，如同交换大脑，成见通用。

怎么可以这样，为什么会这样，一切都完了，真想死了算了，没有办法继续下去了，这样也好，有什么关系，受够了那些负担，又不是一定要怎样，这不能证明什么，从前都过去了，这没什么，早就料到了，反正只是一下子而已。

意识

一大清早，厨房的锅子闷煮着，厨刀轻声切响，弟子在擦地。才刚擦到后段，马上前头又蒙上稀疏的灰尘，连门窗的缝都塞上了，真不知道灰尘还从哪来的，空气腐闷，一定是过滤网的间隙不够小。在灯光照明下，更能清楚看出空气中悬浮着极细的浓浊灰尘，随着气流打转，大僧告诉他不要去想，别精神紧张。收音机不断广播着大风沙来袭的消息，预计最快要到今天夜里才会开始减缓，民众不宜出门，穿着特殊装备的人员正忙着救难与补给。

女孩早就醒来，没睡多久，意识还未完全清醒，但并不困。几乎是被梦境吓醒的，男孩依然在隔壁床熟睡中，她已经很久没有做那么强烈的梦了。情节大多还记得，这些荒诞的内容令她讶异，绝对不能告诉男朋友，也没必要说。好像冒险归来，她十分重视这次做的梦，认为这其中有特别的意思，有待解的谜，因为时机地点很特别，就仿佛是超自然的力量要给她一个指引，一边回想一边将细节记录在笔记本，并且将她对这些梦境片段的解释也记下，一页接一页写着。

类似剖白，她不曾见过自己这一面，热切地发表思想，无法解释，与昨天犹豫的心态完全相反。"我就知道这个地方有一种能量，我是注定要来这里睡这一夜的。"自言自语。抓起簿子，穿上外衣，她走出卧房，来到前厅的窗前，天色已然昏暗，沙子在院子地上积铺，这奇异的景象吸引她，好像这是要显示某种迹象。"风沙可能要到明天才会停。"弟子拿着抹布在后面说。

她去厨房喝水，路过看见大僧坐在神像前垂首读着经书，于是想要过去请教一些关于说故事与解梦的问题。突然的打扰，让他的食指停在经书的"赴"字上。他静默的样子让女孩有点不知道怎么问才对，他先关心人家夜里睡得好吗，并邀请他们再留一天。女孩临时显得有点畏缩，觉得好像他已经知道人家在想什么，也许正是因为睡前他预先给了"你今晚会做梦"的暗示，所以自己才会真的做了梦。难道他有办法控制人家心底的想法，他说的故事是否表面简单，其实里头藏有指令。女孩意识到自己一早到现在的举止不寻常，顿时不知道该过还是退，心里既好奇又不好意思。

如果他知道自己被人家怀疑，不是会感觉冒犯吗？也许自己可以编谎，那他会不会是故意装作看不出来？女孩想得越多，就越想留下来看他怎么说。

以前有一阵子女孩常常做相同的梦，梦见自己像气球一样轻盈，悬浮在半空中，背部贴着天花板，缓缓飘移，可以用意志控制自己要往上下或左右，后来还从窗口飘到屋外，在半空中滑翔，穿越楼房到别人的屋子里，那种感觉不可能是实际经验，怎么会凭空产生，自己一点也不明白。另外，以前也常常说梦话，说得很大声，夹杂禁语，情绪会很激动，醒来时往往已经哭得精疲力竭，嘴唇发颤，但是却忘了是什么原因，非常让人困扰。当然，困扰的原因有时还很滑稽，例如睡醒时突然想起一段音乐旋律，结果一整天脑中都在反复唱着同一段歌词"蓝莓山丘"。此外，印象更深的是，自己曾经做过梦中梦，也就是醒来两次却还是在梦里，等到真正醒来，才知道之前得意洋洋的自觉都是假的，全是难以分辨真假的幻觉。总之，女孩认为自己在梦境中会变成另外一个人。

点头回应，他对于女孩的坦白，以及如此着迷于梦境感到很意外，尤其人家不是特地来这里求解梦的。于是他也坦白地告诉女孩那些梦境可能代表什么意思，关于私人背景的准确猜测让对方十分讶异，连自己不清楚的往事，都能经过他的解释而显得合理而豁然。女孩越是听信，他就说得越不保留。

等男孩睡醒时已经接近中午，振作起身子时才发觉浑身虚弱，头晕恶心，筋骨酸疼，可能是感冒了，勉强套上衣服出来吃点东西。仆人准备一些热水与药草，简单帮他治疗，减轻不舒服的感觉。担心把病传了女孩，所以在喝完一碗药汤后，便要她别留在房间，仆人也说："走，让他一个人安静休息吧，再睡一会应该就没事的。"他困难地呼吸着，意识有些恍惚、消沉，懊悔怎么会落难于此，要是当时机警一点，应该就不会赶着过山路，都怪自己心急，被想象冲昏了头，以为可以更早到南边。他几乎到天亮才睡着，他有听到女孩在身边说梦话，词语含糊，自己则后来也落入狂乱的梦境中，好像被影响了。以前种种的不愉快回忆，此时也跟着来打击他。

把剩下的药汤一口喝完，仆人在他脆弱时给予帮助，是让他唯一感到安慰的事，尤其还是不熟的人，因此他对先前冷淡的态度有一点自责。在这被迫冷静独处的片刻，他也反省起了一些以前没想过的事，有些事不可能告诉女孩，否则一定会被瞧不起，或者他不敢确定会有什么反应。

很难想象是怎样的人会愿意住在寺院，对着陌生人说一些无趣的故事，任时间就这样废弃（避之唯恐不及），难道没有更好的选择，简直是和他所要的东西正好相反，他会有一份工作，然后和女孩结婚生孩子，有自己的房子，他会彻底摆脱那些整晚扰人的梦境，就算失败，他也愿意为这种目标失败，而非在寺院这种地方得到任何胜利及满足。闭上眼睛试着入睡，但是喷嚏打得他头疼，就只能清醒地领受这番持续的不舒服。

在此同时，她再去找大僧交谈。平时来拜神的信众对大僧一向尊敬，不敢来与大僧亲近攀谈，只有她例外，她当这僧人只是个信神的平常人，不顾虑繁琐的礼仪和规矩，让大僧觉得不曾与谁这么轻松愉快地交谈过，完全没有特定的严肃目的。为了怕她在交谈时会觉得有片刻的勉强与单调，大僧几乎把所有可以让她感兴趣的想法都说光了，并且是以非常通俗的语言说的。一个个故事与比喻，听得她非常着迷，每种情境都像舞台一样立在她眼前，心情随着结局的气氛一同起伏。大僧甚至把自己最近对"预言"的想法告诉她。

"就算没有征兆显现（依我看，这正是障眼），但人还是可以在观察征兆的过程中进入一种超脱的状态，把脑中各种从前与现在的已知资料，延伸出一条合于整体连贯性的假设，而那就是预见未来。就像梦的作用，梦就是在与从前的经验达到平衡状态，而且是符合个人价值期待的平衡状态。例如梦见漂浮，表示你有'不能漂浮'的东西在心里，所以梦境让你预先体验未有的感觉。而残忍的梦则是与'虚假的太平'达成平衡。"喝一口水，接着又说，"苹果在人类的面前从树上落下，落了几万年后，才终于有一个人因此看出了奥妙的引力。世上有太多征兆不断地在对人说某些讯息（看似没有），等着人去解码。"

听到这里时，她突然有一种熟悉的印象，想起了昨夜的梦境，好像已经预先听过了这段话，或者说是此时此地的气氛变得有些类似梦境。屋宇内凝固着从窗口透进来的灰冷日光，阴影倒了一地朦胧，寂静挖空了头脑，身上仿佛盈满一池清水，只要随意一移，就会感到晃乱了心思，自我意识顿时碎动荡漾。是的，这简直就是个难以捉摸的梦境，任何事都可能随时发生，就算是像桌椅飞起这种荒唐的事也不例外。在一阵懒散的片刻中，大僧的眼睛悄悄闭上，眼珠在眼皮下滑转，接着竟然两道眼泪流下来，流得有点不像哭泣，而像是眼珠破了，这个荒唐的联想让她有些惊惧，不知道这是怎么回事。这时大僧低声说："是你，你就是征兆。"眼泪顺着脖子伸入襟口中，"原来如此，我明白了，你就是今天这一切之所以这样的原因。你叫醒我了，我似乎在等一个可以让我说出这些话的人出现，而且没想到那个人会是你。"她听不懂话的意思，也不觉得想要把话弄懂，只是呆坐在这里。"你知道昨天你们进门时，我在水中正好看见什么吗？我看见了自己的倒影，但是背后的衬景不是这里，我认不出那是哪。"眼睛睁开。

到了晚上，男孩虽然已经可以下床走动，但是体力依然虚弱。吃了一点口味较重的菜后，和昨天一样，他们聚在一起喝茶聊天，共度这在一起的最后一晚。想到可怕的大风沙终于要过去，他们感到压力减轻了不少，醒悟平常真是不懂得享受外头的新鲜空气和宽阔的空间。大僧在谈话稍歇时，照例又说起故事，他说了一个关于猩猩的故事让大家解闷。

　　说从前有一群猩猩住在野外，其中有一只特别聪明，心智相当于人，但是一直没有机会发挥，它有时觉得自己不属于这个族群，但又不知道还能怎样。照理说较聪明应该生存得较安全，但事实却不然，它有时会因为太专注于观察与思考，而差一点遭受到其他野兽的伤害。并且在合群的约制下，它往往得不去理会自己好不容易才萌发的思维。直到有一天，一个探险家到来。这个女人来这里是为了观察猩猩的生活，一住就是好几年，女人不断尝试走进猩猩们的生活，甚至与它们沟通。这些举动让那只独特的猩猩十分好奇，于是它开始动脑思考……

　　听到这里，男孩又开始觉得身体不舒服，他向弟子示意后便悄悄起身回房间休息。放松躺下后，他想到要先整理行李，把散了一桌的个人用品收拾好，等风沙稍歇，便可以马上离开。未洗的脏衣服挂在床头，吃完的饼干袋塞在纸杯里，他不知道像这样出外的日子还要多久才会结束，而自己又能撑到何时。一边收拾一边想起了刚才没听完的故事，不晓得后来怎么样了，等明天路上再听她说就好了，其实想也知道，结果一定是个悲剧，它既不完全是猩猩，又成不了人，爱情让人变成另一个人，创造出一个梦境，但梦境却毁了人。一阵头晕使他放下行李，躺回床上，他分不清楚自己是哪里不舒服，就是觉得被某种力量推斥。

记得坐在车上被载送的感觉，女孩一直是被载送的，不管去哪，不管是谁在驾驶。她总是相信自己会被带到另一个地方，她把自己交给了一个运输工具，让那辆车因为她的乘坐而开始移动，没错，要是她没有坐在上面，车子是不可能动的，两者互相紧密结合。女孩在听故事时分神于回忆了，等到回神时故事却已经说完。她分神是因为男孩离席，并且恍然意识到，这是最后一夜，这是最后一个故事，等明天她就要再次陷入车子的移动中。结果居然错过重要的故事结尾，本来她还打算明天再告诉男孩这个故事后来怎么样了。

夜课时，大僧见她一个人在窗前凝望外头，便过去与她继续白天的谈话，想帮忙解梦，看看离去之后，未来她该如何。她起初有一点担心被看成是在期待帮忙，但是心想以后就不会再见到对方，那说什么都没关系了，当然也怕会被看出是在说谎，他们知道这是个难得能和自己的同伴以外的人说话的机会。

努力回想内容，她说得有点慌急，好像怎么说都无法让人家体会整个梦境的真正感受。为了让意思更清楚些，她不经意便把情节说得较夸张，尽管自己仍觉得还不够。大僧虽然早就听出内容，但是为了促使她泄露更多个人的见解，以作为解释的依据，便没有附和的反应。心底拼凑一番，大约可以捉摸她是个怎样的人，但是结果并没有照实解释真正的意思，只是对她的情绪稍作安抚，觉得没必要说中，她则试着从这些安抚中找到符合期待的些微讯息。

和前一晚相反，这晚在房间里，男孩睡着了，而女孩却失眠。也许是茶太浓的关系，熬到半夜，她索性不睡了，开着小灯写起日记。把从大僧口中听到的话语和故事写下来，她越写精神越好，甚至比白天时更感到清醒，清醒得想要冲出屋外，甩开这些催人入梦的安稳气氛。轻声推开门，想去喝一杯水，却在前厅遇见大僧坐在窗前，脸孔阴暗无光，像是一面皮影，像是梦境所见的景象。

女孩好像觉得不确定这个男人是谁，想走近看看，但是又不敢这么冒犯。大僧没有说话，手脚不自在地摆放，但又对这种不自在毫不在乎，好像平常全是假扮的，或者夜里的世界会整个变了样，所有事情都被放出笼子，向人扑来。她的疑惑是迎接，她的性别是另一个国度，充满各种未知的可能。站起身，飘晃过来就一把抱住她，她觉得两腿一股麻软，便也只能抱住对方，他们不知道身体的颤动是谁发出来的，仿佛身陷于鲁莽的水流中。抓住女孩细软的手，他们打开大门，走进缓和下来的风沙中，离开背后这间漆黑的寺院。当天色刚刚破晓时，他们来到坡路口，几辆清早载送蔬菜或鲜花的车驶过，他们搭上了其中一辆。

梦里的意识再怎么清醒都是假的，于是不再相信意识。自己一个人在海边游泳，越游越深，吃了点咸水，全身没有力气，那就干脆溺毙吧，等真的快溺毙时却反悔，既然来不及反悔就安详接受溺毙吧（耳中听见：看就好，不要过去救）。仿佛是自愿，结果也不清楚到底自己是怎么想的，生命便是在这样的犹豫与彷徨下慢慢用尽。没有人知道这是意外或是蓄意，意识是个谜，自己也无法与它相处，好像分手一般。可怕的梦境，一次次骗走人的意识。

天未亮时，男孩突然醒来，发现女孩不在旁边的床上，晓得发生事情了。他四处探了一下，没看见人影，于是打开大门出去，大声叫着女孩的名字，一路往下追过去。他认为女孩被诱拐，甚至是遭掳劫，他自责没有尽力保护人家，如果失去了她，他该怎么办。由于自己生病未愈，加上心里着急慌张，结果在跑下石阶时，一不小心便失足摔跌，撞昏了过去。过没多久，仆人便赶过来，将他背回寺院。

◇

退掉飞沙后的天空显得有些苍白，有些赤裸无遮，有些陌生，好像少了什么可供辨识的东西。沙粉将地面浅埋，仿佛已经历经了许多年时间的弃置与荒废，从来没有人来这里过。

清醒过来时，他感觉到晃动，听见仆人的喘气声，知道自己正被背回去。躺在床上，他虚弱地哭泣着，哭个不停，他不懂为什么会被抛弃，没有说原因，也没有道别。他憎恨大僧，还有这个地方的慷慨友善，自己被欺骗了。

弟子也无法接受事实，怀疑他早有预谋，言行不一，是个耻辱，走了也好。站在门外看着一片杂乱的地面，一些轻散的垃圾不知从哪被吹来这里，还有草和叶子从沙中露出一点末梢。弟子突然有一种报复的心态，也想干脆跟着离开这里，但是实际上不敢，觉得太迟了，也不知道能去哪，于是只能打消念头，继续安分留在这里，认为也许再过一阵子，自己就不会再有不满了。接着便跟着仆人一起工作，将整个寺院打扫干净。

"也许他因为太伤心，所以发疯了。"

"也许他因为摔着头，所以失神了。"

"头脑不过是一块肉，一块造幻弄觉的肉，肉能信吗？"

越是沮丧，身子就越无法早一点康复，以便离开，可是就算离开，又能去哪里找人呢？没有女孩的陪伴，他觉得梦想破灭，无法振作精神，忽略饮食，心里只想死去。几只麻雀跳上窗台，缩着颈子望望这儿那儿，片刻便又飞射无踪。树林藏满了这类小动物，总是看不见什么在哪，即使正看着却也不知道。走过去倚靠着又细又硬的树干，一直到黄昏，他心中不思不想，任时间一天天耗去。

弟子想安慰他，但是又不知道怎么说才对，只能说会帮忙祈求神保佑他，并继续给他食物和药汤。他没听见似的发愣，没有反应，让弟子无法不继续照顾他。直到有个早上见他用指甲使力抓破了脸皮，才忍不住指责：

"难过有什么用，愁苦谁没有，我不会说，你自己想。"男孩放声凄惨地尖叫，像只被豹子咬住，狂乱挣扎的禽类，撞倒了桌椅。他心脏一阵抽痛，呼吸困难，好像快要溺水一般，两手在地面徒劳地抓空，觉得不断被一股力量拖下深处。他被自己不想求救的心意吓了一跳，他突然感到这是场意外，是被海水卷走，而非由谁的任何意图所造成的。他发现自己是可以不被灭顶的，只要伸手抓住岸上的一角，一切就变成另外一回事了。他被这个发现撼动，他从不晓得意念具有这么大的决定性，他每一刻是出现在哪里，靠的不是别的，就是这点不起眼力量，他感到这份力量在手中，它可以被派送到任何地方，并产生各种作用，它可以自己不是这个模样，而成为另一个任何人，所以别人也能变成他，将他赶走。自己不就是为了得到改变，才会路过这里。各种想象将他领入不曾有过的沉思中，仿佛遁入了无限的睡梦，感到身陷于一群人中，一群所有他认识的人中，分不清彼此，心神共同穿梭，互相占借控制，入迷到忘了回到哪个人身上才对。

如果需要的东西是个不喜欢的东西，那为何需要？在这座冥想的瞭望台上，几乎什么都看得见，同时看见每个看似无关的末梢，而人人也都知道他的位置。自己感到被这整个空间牢牢包覆住，并且不曾如此被拥有过，他必须靠一个决定来登上这个位置。

眼神空冷地望着由午后的光线所照出的一片阴影，丝毫不如的灰尘发出极细微的反光，骚涨出像涟漪一样的圈圈波纹，化作远远无声的群翼。男孩脱掉脏绉的衣服，穿上一件收在架子上的素色僧袍，坐在拜神的大殿中，翻开经书。

三则短篇

一、共享

要不是因为收容的人数实在太多，他们才不必这样勉强地彼此共用这么一点空间。这么一来，他们势必得更亲熟些，免得日子不好过。多的是机会，反正他们也没别的地点可以去，院子里坐满下棋打牌的人，客厅也是没位子给不泡茶看电视的人的，哪里有空间，哪里就有人。这不能责怪院方为了牟利人数超收，谁叫外头就是有这么多老人，总不能光为了让少数人能享用较充裕的空间，就让其他老人流落在外吧？至少在更多养老院兴建完成以前，忍耐一下也是应该的。因此，他们四个人暂时还是只能多半留在卧室闲聊看报，他们心情上的烦闷，使得他们的长寿似乎显得有些累赘。

一段时间聊下来，积少成多，是否因而能较接受彼此这倒不一定，但看穿了谁是怎样一个人却一点没错。几天前，老王随口讲的一件事，让他们一直忍不住脑子里幻想，尤其是在刚领到福利津贴之后，仿佛一瞬间燃起了有可能实现幻想的希望。老王感受到了这一点，他晓得他们绝对不敢先开口，看上次听的反应就知道了，他们一定在等他先开口，来替这些正人君子说出心里的话。他微笑着抖了抖搁在矮桌上的腿，好像他明白到这辈子注定到哪都是个领袖，就算下地狱去也不差。

把手上的报纸往邻边一扔，他说出自己的计划。

"现在时代不一样了，尤其是女孩子，外表看起来也许是好学生，但是其实私底下根本是很放荡，随便就可以和任何人走了，只要有钱，就算你是个七十岁老头也不要紧。"躺在角落床上的老陈，一听就晓得他打的是什么主意，吹的是什么牛，但除了装睡之外，他一句话也懒得说。

"不要管什么以前认为不可以如何如何，现在的年轻人根本不管什么可不可以，以前我们根本都太虚伪了，甚至不敢接受今天的种种超出常识范围的事实，你们要是必须不信才会好受一点，那我没话说。"老王说。听得最专注的，是坐得最近的老李，他一向相信老王所说的每句话，他想用相信来表示对一个需要靠别人的认同来生活的人的尊敬。

"问题是，我手上的钱才这一点。"老吴这时候插嘴，"而且大家一样都有这笔钱，你说女孩子要听谁的？"自己才一说完，就想到答案了。老陈这一听，心想难不成这次他们要当真了，这有什么好问的？他从床上爬起来。老王很高兴激起反应，语气越说越肯定：

"没错，所以我们要团结！小钱在个别的人身上有什么用，顶多买几包烟就没了。可是如果集资合作，再贵的东西都不成问题。据我所知，外面人家早就这样做了，只剩下我们还没，再晚就被别人抢光了。"他们被这些话讲得有些心慌意乱，因为过去的确也多少察觉到有一些令他们困惑的事实，使得老王的话好像不尽然能全盘推翻。他们真的觉得时代不同了，样样事都变得不容易理解，觉得好像自己不知道被谁欺骗了，难道这是一个努力一辈子的人所该得的结局吗？为什么现在的年轻人可以在他努力甚至牺牲所换来的成果上玩耍，而自己却反被那些侵占者驱离？这不公平。他们并不完全清楚这想法，毕竟他们从未这样想过，可能只是概略上的一个反应，像是无意中在为错误找一个合理的借口。老陈顾虑到如果这时候离开房间到外面，恐怕会显得不太友善，可是继续留下来的话，他又觉得自己其实心底也想加入这个龌龊的勾当。幸好午餐时间到了，暂时打断这难堪的思路，他们保持着从容的样子，慢步走到餐厅，在门口排起长长的队。

老王和厨房的采购员小赵很熟，看到两人在菜篮旁说话，老陈怀疑这背后一定有勾当，说不一定是外面有组织请他当中间人，来专门诈骗院里的老人的钱，该不会连院方也算一份吧？天晓得那群博爱分子的钱是从哪来的。他对这个假设很得意，他就知道自己才不会上当，不会受到任何诱惑，这正是作为一个老年人最大的优势。抓了抓白发短稀的头皮，好像触摸着了一只过来撒娇的宠物。

接下来的日子因为学校放假，院里忽然多了一些来探望的年轻人，把这里原本枯燥的气氛变得热闹了些。老人们有的暂时有了孙子陪伴，也有学生来找好久不见的老师，再不然也还有学生组成的服务义工，专门来慰问其他没人陪的人。

义工群中以女孩为主，站在一群老先生中，显得是格外青春洋溢，她们的笑声清亮，举止可爱，头发和皮肤在阳光下泛着健康的光泽，十分引人侧目。当人家走到老吴身边慰问，他会故意显得格外可怜，想办法抓着人家不放，甚至不惜跌倒在地，要人家帮忙扶他起来，有的男孩子看见好意过来帮忙，他便马上自己站起来。一旁的老李看不过去说："你已经有孙儿来探望你了，你还霸占义工！"老吴不想和他吵，故意露出不在乎的微笑。

傍晚时访客全部离开了，留下四周依旧的面孔和景象，看准大家正丧气着，老王再次提出他的计划。他们一想到白天来访的年轻女孩，就不禁从老王的计划中获得极大的鼓舞。心意一急，他们只好服点血管药，先顺顺气。老王说他已经找到女孩了，既不是智障者，也不是小女童或外地人，而且绝对干净。只要大家拿一半的福利金出来，就能合资包养一个女孩子，让她以看护的名义住这里，每隔一段时间还能更换新面孔。听完后只剩老陈还在考虑，他说怕可能会出严重的事，不相信天下有那么称心如意的事。老王回答："反正我们还剩多少日子能活，我们就像快退伍的老兵，他们能怎样，关牢房？我们早就在牢房了啊。宽心点你会比较长寿的。"他们在一旁笑着。

厨师小赵是这桩计划的中间人，他认识一个专门"采收"女孩子的荣哥，荣哥是个有钱有势、相貌又好的人，很懂得如何控制可以被控制的女孩子，他手中握有一本随时可以调派人手的名册，有时他还会设计让人出卖自己。这件生意他能抽到四成，案子一到手就马上去办了，他打算派萱妹去。萱妹是上个月在他的舞厅里吸收到的逃家女孩，十八岁，个性单纯且认真，这一型女孩他见多了。晚上荣哥再次到她打工的地方去，带她去海边，送她首饰并承诺一番。隔天下班后她得到同事鱿鱼的通报，要她赶到荣哥家抓人，结果打开房门一看，正好目睹他与别人亲热，荣哥笑着说："我本来就是跟你玩玩而已，其实我喜欢别人。"这个打击让她感到很气愤、很羞耻，整晚哭个不停，变得有些自暴自弃。于是，鱿鱼乘机安慰她，顺便灌输利益至上的思想，随后把她带给厨师小赵。

"我改变主意了，我不知道自己为什么会在这里，搞错了，我不是你们要找的人。"萱妹含泪说着，两手不安地捏着前天买的绒毛小钱包。

"你放心，会有大姐照顾你的，这里的人都是可怜的老头子，不会怎样的。过几天我请你走，保证你会不想走的。"小赵认为抗拒只是女孩子没来由的习惯，多推个两把就会从的，"想想看，这些老人一辈子为子孙的幸福奋斗，即将死亡，现在只是需要一个人来安慰他们的心，这不仅是报答恩惠，更是一种行善，他们会很高兴看到你花他们的钱去买漂亮的衣服，因为上一代的观念就是舍己为人，如果不给你钱，他们会觉得自己没有用，晓得你是多么幸运吗？"随后小赵下了一碗面给她吃。

自从职员宿舍也让给老人住后，院方的人就住到围墙外后街的一栋改建的公寓里，为了出入方便，围墙还特地打了个小门，进出认钥匙不认人，自然，萱妹很快也有一把。院里每个人都知道这个普遍现象，包括院长，他反对的姿态很强硬，宣布如果被他发现有非法交易，一定马上报告家属勒令带回。他这样压制的目的与用意正好相反，其实他是希望细水长流，如果促使整个勾当地下化，做得秘密一点，那就不易被外人闻讯检举，他也好以不知情的理由脱罪。

按照顺序，老王是头一天。晚餐过后室友们自动让出整个寝室，和其他人一样到附近散步。几个小时之前水沟喷洒的消毒药水味还在，一些原本栖息在草地上的小虫子，现在全浮上了半空中，没方向地飞蹿。老陈回头一眼就看见萱妹走进房间，这一幕让他感到整件事的荒唐，他责备自己懦弱无能，有亏一辈子的做人原则，就算现在的人真的愿意，也不该作为帮凶。踢了踢脚边的石子，石子正好掉在一个狗的脚印中，那脚印是在水泥未干时留下的。走了一圈看时间还早，于是再走一圈，附近的气氛与平时没有不同，室友们依然镇定地在空地上练着气功，腹部随吐纳缩胀着。果然老年人是眼界广、耐性好，即使再重大的事，由他们看来全是不算什么的小事，要逃难都行，何况只是身边多了个妞。自然，他的反对思想在此也就形单影孤了。

　　老陈的恐惧随着即将轮到自己而增加，等到敲门声响起时，他感到被威胁得几乎昏死过去。萱妹明亮的身影闪进门缝，来回在窄小灰暗的房间里，像是另一种动物般难以捉摸，他想要躲起来，不让这女孩看见他的老旧身形。自己的这个形貌令他十分愁苦，浑身僵硬地缩在床上不动，看起来一副病弱的模样，因此萱妹不敢太接近，坐在对角的藤椅上把玩着新的小钱包。老陈心想，这样就已经开始了吗？在对别人的时候，她也是这样坐着吗？接下来该怎么办？他不敢移动或是看人家，想走出去又觉得不应该。低头闻闻自己腋下，身上好像有一点臭味，又好像是衣服或者床铺，不，这整个房间都有一股除不掉，以至于让他没注意到的臭味。这女孩的到来是个多么残酷的提醒，他什么东西都拿不出来招待人家，为何偏偏这个时候才来，顿时好似在为从前的准备白费了而恼怒。

　　他不希望让对方觉得他就是想要制造这个场面，那到底是希望怎么样？站起来领着女孩的目光来回走动，他想到自己可以改变这个场面的气氛，他像是反抗似的拒绝被视为庸俗泛众的一分子，一切不正掌握在自己手中。眼前这个需要被开导的女孩，就只能仰赖他一个人了，那他还有选择吗？

　　"我是为了救你才会假装是他们的一员混入，放心，我不会伤害你的。也许你认为自己完全不需要被帮助，那是因为你被骗了。"他好像找到了倾诉一肚子愤嫉的对象，开始激动地灌输女孩一些传统的价值观念，说为崇拜金钱而出卖自尊是愚蠢的罪行，将来要后悔就来不及了。在说明的过程中因为怕听不懂，他还解释了一些较深的抽象名词，例如"自尊"或是"良知"等等。这些他懂的名词一解释起来还真不容易，而女孩克制一脸不耐烦，心想既然有钱拿，那就姑且听训吧。老陈越感到所说的事让对方觉得不好懂，就越着急于表达，言词开始浮夸且语带威胁，把自己搞得紧张兮兮，一脸难堪。

等到萱妹离开时，他陷入了一种比先前更苦闷的沉默中。心神疲倦地躺在床炕里，他发现有些懊悔，居然错过了等待了一辈子的大好机会。他恨恶起自己愚蠢的正义姿态，觉得被自己所说的大道理给囚禁在笼子里。

萱妹在返回公寓住处时，习惯顺路去买一份奶油烤饼。卖饼的小黄是个孝顺的男孩，内向执着，自从最近见过之后就很喜欢萱妹，每天就是等着要见到人家，甚至会把预先写好的信，夹放在装饼的纸袋里。根据经验，萱妹认为自己的姿态必须高一点，冷漠一点，否则一让男人得手，他们就不会再有兴趣。

不管怎么后悔，接连几次的会见，老陈还是一概对人家说教，他想靠这样的坚持，将心中的犹豫彻底灭口。他感到自己是唯一可以救这个女孩的人，是天降大任，是坐怀不乱，逞一番正直，得万般快感。为了表示是真心诚意，他连自己的时段过了，还追着人家继续劝说，追到公寓门口。

"你还这么年轻，未来还那么长久，应该把握时间好好读书，做个有用的人。我给你车钱，你马上回家，离开这个肮脏的地方，否则等情况一复杂，你恐怕连命都不保。"说着便塞了几张钞票给她。这一幕让小黄远远瞧见了，心里十分怨恨。他起先还不太敢相信谣言，现在知道果然如此，萱妹居然不理会他的一片真心诚意，宁可为了钱，和那些不要脸的臭老头同进同出。他觉得那些人长寿只会造更多孽，不如快点死了还算有贡献。女孩应该是属于男孩们的，而不是老头的。小黄鼓起勇气走过去，喘着怒气推开了纠缠她的老陈，把人家吓得荒逃。这个举动让她很惊讶，并且产生了对小黄正面的印象，认为这人真的关心她。

另一方面，嗅觉灵敏的老王察觉情况有异，晓得早晚会有人窝里反，而女孩这条财路，这个怀中物，岂可由一个自以为是的东西决定去留。于是间接从萱妹口中知道老陈的主意后，他打算叫厨师小赵给他点教训，并警告女孩要是在接手的女孩来之前敢逃，就要把她赚的钱全讨回来，还要丢只毒蛇进老陈的床上。

萱妹在感到压力重重的同时，想要向朋友倾诉烦恼，于是只好跑去找隔壁的小黄。在安慰下，她不自觉说出委屈和遭遇来，激起小黄一股正义感，虽然心里有一点存疑，认为这该不会是不明真相、夸张描述的吧？或是故意试探吧？小黄把握这个表现对她喜爱的机会，不在乎后果，承诺要保护她。萱妹这时发现自己心底很喜欢许多男人为她互相争夺的感觉，甚至愿意制造他们的争夺。

几只院里的狗像是在嗅听着什么极弱的讯息，但又一直嗅听不着似的停停走走。从萱妹最近的冷淡反应中，老陈开始担心自己的劝说只会害人家遭到更严格的控制，他想到应该自己出面直接阻止才算是男子汉，他随着想象焦虑地拨着树皮。想象到一半就被打断了，厨师小赵过来搭着他的肩，带他到一旁的库房后头。

想到老陈为她的前途着想，冒着床上被放毒蛇的危险劝她逃离这里，萱妹这时心里是有一点动摇，觉得自己为了私利害了人家，包括小黄。这似乎是该醒悟些的时候了，想想是非道理和复杂未知的现状，不知这一出门该往哪走才对。

还没等到把今天做好的烤饼卖完，小黄就潜入老人们住的房间外等候，想要阻止萱妹再次作陪，因为现在她已是"我的女人"，他无法忍受那些老头对她龌龊轮占。不理会别人的眼神，他只顾自己弓着身子，严肃地坐在客厅一角的烂藤椅上。老王路过看见心想，等再过两天，干脆把麻烦的萱妹早点遣送走，免得生事，等到下个月再向荣哥租个新的女孩。按照排定，今晚女孩是要陪老陈，但是由于被打了一顿作为警告，他在回到房间后心情沮丧无比，面对女孩时更是完全不发一语，反常的样子让女孩很关心。之前，小黄在拦到萱妹时，没想到居然被她驱赶。"你不可以来这里，这样我会很难做人，你再不走我以后就不理你了。"这个反应让小黄很失望，觉得自己这样好意，却换来无情的对待。"那你就去吧，你这个不要脸的女人！"他愤怒地推开她说。

这时房间里这对失意的老少彼此安慰着对方。老陈觉得以后可能再也没机会与她这样坐在一起，而她则很感激老陈的正直与规劝。在一阵绷紧的沉默中，老陈突然颤着手，伸过去摸着她的胸部，她没有躲开。但由于手已经在紧张中发麻，终究老陈还是没有办法明白女孩的身体摸起来是什么感觉。就在这时候，小黄激动地闯进了房内，上前就把老头推开，并抽出预藏的小刀刺了过去。小黄用毁掉自己的方法来责怪并放大老人们的罪过，好像在说"都是你们害我犯罪的"。血让一切顿时终止。

女孩放声尖叫。

二、血气

班·莱利是从小住在台北市的美国人，几年来他所受的教育与生活习惯，使他并没有被本地人同化，每年他还会趁假期返回寒冷的明尼苏达老家去住上一阵子。班的在校成绩还不错，尤其是运动和语文方面，从事文化事业的父母十分宠爱这个家中的独生子。前阵子班在九年级的毕业系列活动会议上，认识了一个新来的女孩子。妮奇也是白人，两人相处得十分愉快，经常一同做功课。可是最近她突然提出分手，原因是她喜欢上了一个本地人，这个打击让班陷入未曾有过的痛苦情绪中，他常常睡不着，不是脑子胡思乱想，就是尽读些思想深奥的书，愈来愈不像从前那个乖孩子了。

周六傍晚，他一个人在往山上的马路旁骑单车，全身披满汗水，累了就坐在看得到落日远景的一旁的围栏前歇会儿。然而他一刻也不能不想到妮奇。他无法想象曾经那么热情对待他的一个人，如今却以同样方式对待另一个人，何况是个本地人。不像他两个姊姊，不知道为什么，打从心底他就不曾真的喜欢过本地人，现在更不用说。没错，他们是很好的人（或许他们正是努力要让他这么以为），但是他就是对与自己同种族的人有更强烈的好感，难道这样不对吗？他想不透父母亲那一套六〇年代的手牵手式的平等论到底是什么逻辑，他认为那种天真的理想主义实在太虚伪，简直就像当时的服装打扮一样可笑。一辆大型的卡车这时从背后轰然通过，车尾喷出浓浓的烟，车厢外壳贴着一张大幅的服装广告海报，上头的模特儿是西方人，下面印着英文的品牌名称与文字，内容是"一九九七最新秋冬装上市"。他也知道这个是本地的品牌，但是它就是一定要伪装成外地的形象才行得通，他十分不能接受这种把人家的形象拿来当成工具的心态，他们从不去了解人家的真正背景，只愿拿最肤浅的符号印象来操玩，既谄媚又侮辱。他为这不甚具体的体认感到一股憎恨，顿时一大堆过去不悦的经验全跳出来支持他的论调，他不明白为什么别人都没注意到这点，他很想告诉别人他的创见，不，没人懂得他的想法，只有自己的行为才是忠仆。他想杀了那个拐骗妮奇的黄鬼。

　　同学朋友们也晓得班在不高兴什么，但不懂有必要这样不高兴吗。莲娜·海洛就认为他的观念根本比上一代更保守，一点也不像今天和大家在一起生活的人，他一直觉得被威胁，也不试着去了解一下人家的背景。莲娜和妮奇的想法一样，喜欢多认识一些不同地方的人，还期望将来能环游世界，学习欣赏各种不同标准下的美好事物。她目前交过的朋友就有各种人，一堆照片可以证明，大家都相处得很开心。坐在连锁速食店讨论着同学们的私事，他们想到要约班一起参加下周五的一个日本侨生的聚餐（派对），听说地点是在山区的一栋别墅里。

　　没想到班居然答应了，直到前一天再问没反悔。"他该不会带机关枪去扫射吧？"莲娜笑着说。笑声在往山区的一路上从没停过，唱片的音乐声也一样，走进屋里，迎接的又是那首本周流行音乐排行榜冠军的歌。楼上有无数的唱片在等着他们兴奋，还有一个可以俯瞰一个有游泳池的后院的楼台，一切好玩的东西都在可以摸得到的地方。班是最后一个到的，是父亲载他来的。"他看起来还是一样糟。"窗前有人说。"还好吧，和我家的鞋柜比起来的话。"又有人插进来。"那你呢，你看起来像提拉米苏一样漂亮。嗨，我是……（乱说一通）反正是日本话，叫我麦可就行了。"班一进门就浏览每张东方面孔，看看那个姓什么赵还是周、裴之类的黄鬼在不在。他看一眼这些鸡蛋脸的丑东西，就觉得好像吞了一口油腻的沾酱一样恶心，他必须站得离莲娜与那几个东欧女孩子远一点，才不会一直看见这些本地的男生如何缠着人家，如何以从美国电影上学来的语言和打扮来招摇撞骗。在这里，班愈对什么不满，就愈看见什么。

在大部分人都到游泳池畔玩的时候，有三个本地人，两女一男，带着饮料来到撞球室想认识他。带头的洁西卡本名叫陈雅婷，二十岁，只要有外国人的地方就看得到她。"告诉我你是在南京西路的服饰店海报上的帅哥。"她说。班僵了片刻后回答："如果赌注高于十块，我就说'是'。"他是抱着想见识一下"就偏不信还能怎么样"的心态才会顺着对方的，他想借此看看能否再壮大一下自己的恨意。

洁西卡一向连对不喜欢的外国人也很友善，因为她相信对方总会有一些亲戚朋友的，只要坚持下去，早晚会给她遇上的，到时候就可以离开这坑蛆窝，住进她最喜欢的那种房子。每次闭气化妆时，她都会忍不住幻想，这样也才能把妆化好。她的主动和可以穿着较性感衣服的身材，令在一旁只能架着一张笑脸的薇薇安感到有些嫉妒，但实际上她是洁西卡的英文顾问兼尝识幕僚，两人一瞎一瘸，注定结伴没的挑。

班答应不能太晚回去，看看时间，也就不敢回答太多话。在一段散杂的交谈后，班发现过去自己没有注意到这些本地人，他们其实与他有些相似，甚至程度更剧烈。他们也都不喜欢黄鬼，就算自己就是也一样，就算花光钱他们也要把自己身上的黄鬼赶出去，他们割眼皮、整颧骨，发色和眼睛不再是黑的，整个人的思想都不愿再与生育他们的亲属有关系了。他们全然接受班，只因为他是白人，不管班是怎样一个人，就算他再无趣、疯狂、愚蠢、丑陋也没关系。这现象仿佛给了班一个解放的机会，与他们在一起，他可以自立为王，可以拥有一群听命行事的子民，这样比由他动刀动枪复仇更深刻，他要宣扬许多个人思想，这些思想在有了表达的机会后，似乎也就突然比先前更加活跃了。

　　过没几天，他们便等不及按约定联络班一起去打篮球、溜冰。虽然之后洁西卡没再出现，但是，她介绍了一群本地人给班，里头以女孩子居多。大家都喜欢刺激的摇滚乐和跳舞，如此自然也连带吸引了几个原本人缘不好的同学加入，像是没主见的吉尔·山多和"肥弟"瓦伦汀，他们也只有在"班党"里才交得到女朋友。这群青少年喜欢聚在一起，不必做什么都觉得好玩，因此他们并不管听不听得懂班到底是在讲些什么，一律接受。可是当几次在仓库基地聚集过后，有一些人开始觉得班的言论太偏激，附和者也很讨厌，就干脆退出不来了，留下来的人则是玩得更没顾忌。对此班毫不在乎，反而还自诩是寂寞的先知。

　　一旁的女孩要帮他脱夹克，他挥手拒绝，坐在中间的箱子上说："听着，我们都醒着吗？吉尔，把篮球放下。醒到什么程度，够醒吗？我要在你们再次睡着前说'醒来吧'。我们过的时光可曾是自己的？或者你只是把自己像落在流水上的枯叶般交给这个地方。谁告诉你们什么是对错，为什么你觉得已经醒了？是你吃下去的食物，还是这一切人家所让你明白的事实让你这么以为？我们是自然的一部分，但我们背叛自己的出处，创造出能由自己所掌控的事物，于是争夺掌控的权力注定成为我们的命运。"班皱着眉，语气冷静。

"因为有屠夫代劳，大家的手才免去沾血，结果大家指责屠夫残忍。我受够了，我要从我所站的地方跃起，成为一个讯号……"肥弟这时带着女友悄悄要离开。"我还没说完。"班这才放大嗓音。

"我饿得要命，还有，少说教行不行，帮帮你自己。"

"怎么，想在女友面前装男子汉？来，用我给你的力量打我吧。"

"喔，是吗，你只是还在想妮奇而已，别把气出在我们身上。"说完就转身走了。但班仍继续朝门口叫嚣："是你见不得我脱胎换骨后比从前更强对吧？"其他人低头不语，深怕显得不支持他或者像是在可怜他。当他走到阴暗的门口时，三个埋伏在一起的人，突然冲上来就是一阵拳打脚踢，把在后头的女孩子吓坏了。大约不到半分钟，三人就匆匆分散逃离，留下一张警告他不要拐骗本地女孩子，否则会再来的字条。班在几个人的搀扶下爬起来，他的嘴唇流了血，表情痛苦地抱着肚子，但也摆摆手表示不要紧。回到家中，父母不敢急着问原因，先让他休息。其实他们也早先就从莲娜口中得到一些描述，没想到情况似乎与所知道的有些出入，毕竟莲娜也只是个孩子，有些小地方并不觉得稀奇，不过父母尽量不想去刺激他，扩大气氛。他们相信这只是青少年必经的一个过程，只希望这个阶段能尽快平安度过就好了。不过由于还是放不下心，所以莱利太太私下打了一通电话给莲娜，想请她监视班的言行，并保持联络。

打人事件发生后，原本经常聚在班身边的女孩，现在全都不敢再来害他，至于班他本人则陷入更深的烦恼中。如果退缩就等于听从了威胁的警告，他受不了这种屈辱和嘲笑，他愿意以死保卫自己所代表的形象。

一阵子没人听他的话，他只好靠锻炼身体来发泄不满的情绪，并把想说的话写成一张又一张的纸册。如果他不这样愤怒就坚强不起来，如果坚强不起来他就会落得无比脆弱，好像失去生命的力量。这亦利亦害的愤怒，逼得他就要发狂，每一刻这些完好整齐的物品看在眼中，都显得那么虚伪无知，像是被一种捏造出来的信念所编排，永远不能粉碎。

班才刚开始不再找同伴，偏偏别人却开始找他。一通电话，一个不认识的成年人约他到一家位在一处闹区地下室的舞厅见面。一句："我们也想教训黄鬼。"让班很好奇对方是什么人，怎么找到他的，要做什么。找位子坐下来，望望四周，几个人全是本地人，但是看起来是"汉奸"（指投靠外国人的黄鬼）。

一推门出来就是三个说说笑笑的白人，其中一个向他招了个手，班尾随过去。

"你就是班·莱利吧，和我想象的不一样。你猜猜看，为什么裤子会有拉链？"三个人又笑成一堆。班不客气地说："听着，如果没事我要走了，要猜谜语的话，去问福尔摩斯好吗？"

"不错，标准答案，因为只有白痴才会乖乖去猜。你好，我是米奇，这是公爵和布洛姗。"只有米奇是旅行来的，他在老家圣塔芭芭拉是秘密组织光头党的一员，左胸前都刺上德国纳粹的曲十字符号。他旅行是为了拜访各地的组织分会，又以大都市为主要地点，每到一个地方住，他就会根据消息寻找"种子"，试着将他们培育成党徒。

"不，你搞错了，我不是你要找的人。"

米奇一听，点头笑笑。"但是，我，我们，是你要找的人。"米奇吸了一口大麻，扭扭脖子，语气转为愤怒，"我们的金发妞，黑鬼要碰，阿米哥也要碰，日本人要对她们撒尿！老兄，老天保佑你最好没有姊妹。看看外头满街的黄鬼是怎么利用金发妞当广告的，对，我们开放，他们保守。他们要杀女婴，他们男多女少，我们女多男少，所以应该被抢走一些吗？金伯利·艾吉的照片，出现在这里的十七种商品广告上，包括情趣用品！老兄。然后他们围殴你，而你现在却要走了，对吧？"

"我不懂你的意思。"班一时之间觉得很怪异，为什么自己会坐在这里，听见这些话？电子合成音乐的急促节奏与音量令他喘不过气。

"白色力量，白色兄弟团结的时候到了，各地的我方力量即将串连起来，这是一个新的宗教信仰，新纪元的开始，我们要重写一本经书，记载今天白色兄弟在世界上种种奋斗的历史。你不加入就没有生路，战争就在眼前，你得是个战士，鲜血将会告诉你——你是。"班在不知道的情况下，喝下了那杯事先掺了药的饮料，神智开始恍惚，行动无法自主。

他一直听到许多人的讲话声，十分快速，好像头脑里有个赛车场，停不下来的呼啸声。等到完全清醒过来，才发现自己是在一处住宅客厅里，与米奇他们几个人在一起，包括两个本地人，其中一个就是上次派对上认识的洁西卡。"就是你告诉他们的，对不对？"洁西卡没说话就走到房间里。

"你要原谅她，要是没有情报，她怎么能加入我们的圈子？"米奇小声说。

"你猜怎么，我认为根本没有你所说的组织存在，一切全是你一个人幻想出来的对吧？要玩女汉奸的话，凭你的人种就行了，何必费心编一堆故事？"班说。米奇笑而不言，直接带他到传出阵阵电器运作声的房间。里头是公爵在帮躺着的洁西卡文身，刺的图案是一个原子弹。此外房间里放了一堆日本的色情刊物，唯一的窗口框着高架快速道路的景象。

"你强忍痛苦的表情真美，我的宝贝。"米奇吻着洁西卡紧绷的肌肉，然后对布洛姗说："开车把他带回去。"班转头就走，身后同时传出疼痛的叫声。

千万盏路灯间的等距，在车子行进时会看起来像是只有一盏灯，忽明忽暗，而自己就停止在它底下。到底已经过了多远，是否下一刻就要真的停抵？这是个让他感到孤独的路程。班知道此时没有人能给他任何安慰，只因这一切仿佛自始就是他真正所要的，他无法对拯救有所期待。

得知他受伤的消息已经过了几天，再加上几天的犹豫，妮奇还是决定来看他。明知他一定不喜欢，但这并不足以成为不去的理由，他必须被强迫。

刚送去清洗的地毯在采光的窗前铺着鲜艳的颜色，他与这个偶然选定的颜色生活在一起，每次一看到这颜色就会想到他。上次在这里读书听唱片不过是几个月前，没想到今天会是完全不同的心情，妮奇从不晓得他会有这样的一面，不知道要如何与这样的他说话。没过多久，就觉得自己也许该走了，他就是不愿天下安稳。也许是已经觉得很没颜面了，才会连基本的态度都不顾，特别当来的人正是以这种姿态出现的妮奇时。最后他们两个还是没有交谈。隔天，莱利夫妇决定送儿子回国，告诉他换个环境就会觉得好一点。之后在办手续的过程中，莲娜听到消息突然紧张了起来，考虑了一会，她决定鼓起勇气向莱利家解释整件事。原来莲娜一直很担心班会出事，希望班赶快得到救助，所以故意在向莱利太太打小报告时，把情况讲得比较夸张、严重，也好让自己不必再为被识破线民身份的压力而担心。莱利先生不敢相信妻子竟然瞒着他，私下请儿子的朋友监视儿子，把好不容易建立的信任关系弄坏了。"你这样不是在帮他脱离危险，你该不会去搜过他的房间了吧？我就纳闷你从哪听到那么多消息。"他说。妻子对莲娜的自白很不满，也与她同样感到没面子。但她冷静片刻反省了一下，发现自己起先就期望听到比较夸大的负面消息，似乎早就认定儿子将要报仇，所以才听信莲娜的谎话，间接鼓励她夸大，看准反正班和她相处并不愉快。太太想象另一个说谎的原因是，她根本没参加班的聚会，只是间接听别人说，再加上她的想象。

于是，班觉得没人了解他，而他也不了解任何人。在飞机上，他听着那首不知道蝉联了几周冠军的流行歌，从口袋中拿出一封昨天妮奇请人转交的信，拆开来看。她说最近才和那个本地人分手，因为当后来两人熟到没有秘密时，她才知道正是自己的男朋友去找人打班的。飞机窄小的座位像个夹子陷阱般，让他觉得无法动弹，无法阻止这个巨大的输送机器将他从一地又带到另一地，自己完全交给了一个没有对错的工具。接着在一位空服员标准的英文询问下，他给自己点了一小杯柳橙汁。

三、衣服

"参考看看。"自从勉强录取这间服饰店的售货员工做起，陈女这几天不知道说了这句话几次。"勉强"是因为与她一同应征的其他几个人的经历条件都比她好，最后却只因为长相较出色而录取。这是老板的意思，李主管的看法只能放在心里，毕竟是基于商业手段的考量，她倒是不介意多使唤一个丫鬟。也正因"勉强"的大恩大德，使得陈女对店方所有要求的配合，显得像是一种报答，包括穿上这一身不自在的制服。她是个二十岁女孩子，当然也知道裙子的款式和长度所代表的"裙语"，无奈现在的生意实在太难做，以致许多观念上的事，也只能暂时摆一边了。

但就是一个客人也没有，假日如此，平时更不用说，真不晓得这城市的几百万人口都到哪去了。她老早就准备好了一串推销词，却一直苦无机会发挥，好不容易来了一个，结果还真的只是参考看看就走了；不是因为讲太多造成顾客压力，就是沉默使得顾客觉得被冷落。站在店里一整天没事做，又累又饿，真不知道有什么办法可以不会这么觉得。没多久之后，也许是观察的经验，她开始懂得辨识顾客，只要看一眼，看对方走步的样子，触摸衣服的样子，就知道这人会不会买，或假装在看，不管她说不说话，这一切是注定的。因为，看穿并不表示有办法控制人家意愿。至于犹豫不决的人，基本上是不会来这里给自己找麻烦的。

这么说来，她在这里的作用是没发挥了，那也未必，事实上是有不少男人在路过时注意到她，只是，如果一个女人的外貌好到可以让人为了多看一眼而去买她的东西，那她大可不必躲在这里上班。这下子可好了，现在她觉得自己又笨又丑。这时候，一个男人走进店里。

"参考看看，我们男装女装都有，现在有特价，是要送人还是自己穿？"

"我自己穿……当然，穿完也可以再送人，不是吗？"他笑得有些紧张。

"想找什么样的款式，要休闲一点还是正式一点的？"没回答，摸摸几件衣服，拿起来贴在身上比一比。

"可以试穿看看，大小尺寸都有，深浅色都有。"这个人看起来大约二十六七岁，头发像是刚才在对面发廊剪的，闻起来像擦了那种一瓶不到两百块的固体香精。她站在两三步外等着，心想该做些什么才能增加购买意愿，可以感觉到这次应该没问题，就差再推一把，于是她抓了件便宜的长袖衫就往人家身上一比，几个指头轻轻架在他的肩膀上，并且直说好看。最后果然买了。

陈男回去后还一直想着那个卖衣服的女孩子。可惜当时没有看对方的脸，所以就想不起来，不过既然有去想，那表示印象应该不错。从来没有女孩子那么接近过他。本来以为去剪头发时会有机会，没想到结果居然是男的来剪，可是又不敢提出要求。也许只因为她肯接近，才使得她的外貌连带变得吸引人，加上一下子的触碰，这是多么稀有的感觉，像是一间博物馆里虽然有很多不同的宝物，但是与一只飘进博物馆的蝴蝶相比，宝物都一样是死的，不论什么模样，只有最不值钱的蝴蝶是活的，是根本上完全相异的东西，最稀有且最醒目。

这新颖的启发此刻令他兴奋，但也令他对过去日子的错失懊悔。

过去他从年少时开始追随老师父学偶戏，直到去年师父被送进疗养院为止。早年不知道有多少人想拜他为师学习就要失传的偶戏技艺，结果却全遭到拒绝。为了怕别人偷学，师父隐居在山上多年，几乎被人遗忘。后来年老时，他突然很懊悔没有教一个传人。就在那时他遇见在山上迷路的陈男，他打定了主意收这小子为徒，全心全意教授所知的一切。"自从我住在山上，就没人来找我过，大家对偶戏艺术根本不够热爱，连走一段山路都不肯。孩子，我一看就知道你有学偶戏的天分，这绝对值得你留下来。孩子，我知道你之所以会来这么偏远的地方，也是因为有心事，但艺术可以拯救你。你还看不出来吗？同是天涯沦落人，我们是同类，老天安排我们相遇。"师父说。为了强调自己所要教的是一门深奥的艺术，他不光教偶戏操作的技巧，更要求小子打坐冥想、读经诵诗，好让孩子学久一点。结果学没多久，就一直想回家。但是师父的话语让小子无法如意离开，师父接着又说：

"我看错人了，原来你与他们没两样，一点耐心也没有，没有发扬艺术精神的理想，你这样不管做什么都会失败的。你休想偷学几招就一走了之，你嫌我是个古怪的老头对不对？现在年轻人不吃苦，只会享受，这样学什么？"

"可是我如果再留下来，我怎么知道外面的世界是什么样子？"

"外面花花绿绿有什么好知道的，我在世俗中生活了四五十年，一切全都看破了，我把经验告诉你，就是替你节省时间和力气，如果我能重活一次，一定不会在人群中浪费生命，艺术家不孤独就没有创作力。"师父语气坚决。

"可是我想要有朋友。"声音变小。

"我就是你的朋友啊！喔，我知道了，你想要女人对吧，不行，欲望一定要克制。爱情只会让你痛苦，到头来一场空。只有艺术是永远的。"他无法忍受这么不讲理的人，但是师父又是唯一真正关心他的人，他想要教训这个老人，让师父为自己犯的错懊悔不已，而方法就是听他的话留下来。在这段日子里，偶戏渐渐成为陪伴他度过不愉快心情的依靠，他开始能够体会偶戏艺术的奥妙所在，并沉迷其中。师父很高兴看到这样的成果。

过了好几年后，师徒两人做好了十足的准备，决定好要重出江湖，回到人群中表演给大家看。路途上，陈男难掩兴奋之情，在四处张望时，他才发觉到原来自己那么想念热闹的地方，原来自己欠缺的就是这个。车站里满是各样的人，一个父亲在座位剥香蕉给儿子吃时，不小心掉到地上，两根指头捡起来一看，沾了一道脏灰，怎么吹掸也不干净，便轻轻咬掉一道表层，不多不少，然后再给一旁看着的孩子吃。他想知道大家在讲什么，到底自己所不知道的是什么。

但是师父依然目不斜视，毫不在乎到底一切看起来如何。经过几场在寺庙与社区的成功演出后，几个穿着正式的公家单位人员，来到两人寄宿的简陋画室里，提说想要邀请他们在一个传统艺术节的活动中担任开幕表演，地方首长也会到场致赠锦旗。师父一口答应，便叫徒儿送客。接过一份印刷精美的资料介绍，拿在手中觉得沉甸甸的。

偏偏在演出前那两天，也许是因为劳累，师父身体不舒服，只能躺着休息，情绪烦躁不安。勉强上台演出片刻后，明知无法达到平常的标准，却还是坚持继续进行，看得台下观众一脸疑惑，做徒弟的一旁更是紧张。突然间，一尊悬系人偶就从舞台中掉下来。全场先是愕然静默，接着又交头接耳了起来，甚至传出笑声。亲身走到台前拾起人偶，陈男看得屏息发颤，这时师父一脸怒容转过身来，劈头就是给所有观众一阵咒骂，大家吓得莫名其妙，包括首长等一干贵宾。

"你们全是一群不懂艺术的伪君子……"还把人偶往台下摔。

白色的床单盖在身躯上就像一座雪山，像得心里不想事情才看得出原来是床单。在医院陪师父等疗养院人员来接他的最后时刻，师父恍惚间说了些话：

"孩子啊，你当初根本不该跟着我的，我的兴趣对你根本无益，这样是错的，赶快离开吧。天底下有趣的事还是不少的，趁着还年轻时去多见识一下也好。不要气馁，尝试错误本来就是避免不了的经验。把那杯温开水给我。"

之后就没再见过彼此。那一整箱人偶和道具，已经全交给民俗展览馆保存。

于是，现在这件新买的衣服放在大腿上，陈男想着那个女孩如何像蝴蝶一般飘啊飘地出现在他这腐旧的脑海中。结果第二天他忍不住又去到那家店里。

看见昨天的客人再次踏进店里，陈女心里有些害怕，担心自己会被纠缠骚扰，不过她依然表现出和蔼的态度应对。

"要找什么样的衣服吗？"两人看着对方。

"我昨天买了一件上衣记得吗？我想知道一下清洗的时候要注意什么。我以前就曾经不小心洗坏了衣服。"

陈女微笑点点头听着，然后翻反一件衣服，"你看，每件里面侧边都有洗涤说明的布条。"

"喔对，我居然没注意到。一般是不是百分之四十的聚酯纤维混纺都只能用冷水洗，还有熨斗是不是只能调低温？"陈男问。

"是的。"

"对，我只是想确定一下，因为我想让衣服泡热水缩小。我听说衣服用手洗比较不会变形。那烫衣服是不是要隔一层布比较好，毛巾行吗？"又问。

"是的。"

"我也这么觉得。那柔软精和漂白剂的用量呢？"问到这里连他自己都觉得愚蠢，知道没必要再勉强了，也就做个假笑转身要走。陈女心想，这人没有恶意，看起来挺容易商量的，于是即时开口留住客人。

"要不要再看看其他衣服？"同时她故意伸高双手拿上层架子的衣服，露出一截细腰，陈男瞄了一眼便撇开头看别处。在一阵推销之下，这次又把身上全部的钱拿出来购买两件衣服。

"生意还好吧？有你这么好的店员在的话。"说完很后悔。

"一点也不，事实上糟透了，我都不知道怎么办才好。"表情无奈。

"其实你们的衣服很好，有很多款式和尺寸可以选择。"他想闭嘴。

"要是所有客人都像你一样想就好了。"陈女很小心不让说的话含有可能会因为错误怪罪自己，而她也才能有较多脱身的空间以维护清白。至于陈男，过了被过度联想的含义，同时她却也希望话语中带有一些暧昧的暗示性，好让对方几天后还在回忆对方的美貌。每天当展览馆的工作结束，他就想去见人家一面，但是他担心太常去会让人觉得像个疯子，而且一去就得买衣服，钱已经快花光了，为此他非常痛苦，总觉得人家正孤单站在店里等他。忍不住路过时，若远远望见别的男人进入店里，便是一阵妒忌。之后他又在一个月内去了三次，按照默契，陈女每次都会技巧性地露出身体的一小部分给他看一眼；有时是大腿，有时是胸襟。他很想和对方约会，但是从每次有限的交谈内容看来，似乎感觉不到对方有这样的期待。在买了十多件衣服后，几乎彻底把钱花光了。想到买了那么多衣服，却没有任何收获，现在更因为没钱而不敢去找她，竟觉得这一切仿佛是被师父的疯狂所误。或者，自始他就一心想找机会怪罪于师父，以便为自己没本事开始重新生活来找借口。是否过去的种种都被他看成是错误的？是否该忘怀过去的一切？他一点也不知道。

"参考看看。"这类工作用语实在很难在无数次的重复使用后，仍维持着在使用它时所必须有的庄重态度，包括每一个人一进入这个地盘，自然要归顺一番的言行范围也一样可厌。不管平时是做什么的，来到这里就是挑衣服。也难怪在又一个没人光顾的无聊傍晚，她会突然想起好一阵子没见到那个慷慨先生了。不知道人家是从事什么的，为何给人的感觉很奇怪，好像两手紧紧用狗链牵着一只隐形的野兽，根本不敢让自己有表示友好的机会，这是多奇怪的友好。会想起那个人，并不是有特别的意思或者好奇，而是因为她真的太无聊了，她对无聊太容忍了，简直像就是喜欢如此，她必须真的去喜欢才可能继续下去。拿绒毛刷轻轻在衣服上来回清理，再用蒸汽熨斗烫平，到底谁会是这件衣服的主人？垂吊在架子上的衣服空空松松，恐怖得像受绞刑的人影。

　　人偶跨着小步伐来回走，垂着头像是在思考。偶尔双手空挥，或者概略地比划两下子。没多久陈男就懊恼起自己操纵的技巧退步了，小小的人偶不再完全按照他的意思动作，看起来僵硬而笨拙，不是过头了就是施展不开，好像与这个人偶距离很远，但又不是控制不到，明明只是那么简单的原理摆在眼前，却无能为力。连同箱子整个推到一旁，想办法要离得远远的，再也不必记得从前的事，因为这是个可以马上就见到她的地方，她静静站立，像敞开的陈列架般毫不隐藏，色彩与质感消灭了满脑子朽旧，他被新奇吸引过去，不曾有过的感觉让他变得一无所知，如同迟到的人，慌张地观察四周，同时又呆然畏缩。

　　车灯一遍遍照过他狭小的身影，簇新的衣服遮去了一部分的窘状，夹藏在如常的景致中，他模仿别人的模样，使自己不被留意，不光手脚的动作，连整个神态都相似。街上的店家逐渐熄灯关门，只剩卖消夜的摊位前还停几部等候的车子。不停在附近绕走，可是一直没遇见她，也不知道要到哪里才能遇见。带着馆园办公室里的一笔钱，他在路旁一处角落坐下，强烈感到一阵无法忍受的饥饿与疲倦。

威尼斯大饭店

"威尼斯大饭店"不在威尼斯，而且距离还远得很，会取这个名字，纯粹只是为了配合饭店的内部装潢设计；服务生们穿着未经考据的戏服，中庭开了一条河道，上头还撑着一艘穿桥而过的小船，大厅摆放着仿制的道具骨董，往往时代和地点都搞错了。一问老板怎么把希腊雕像、中国瓷瓶外加苏格兰盔甲全摆在一块，他说："喔，这表示是威尼斯的商人从海外带回来的，有的则是后来在战争时掠夺的。"说得跟真的一样。

傍晚，一对正在度蜜月的李姓夫妇走进来，他们努力把这里幻想成国外。

"亲爱的，这里可真是我们梦寐以求的好地方啊，船夫吟唱着歌剧咏叹调，空气中弥漫着烤披萨饼的香味，一页页历史就围绕在我们身边。"妻子说。

"够了！我无法再装下去了，这里根本不是什么威尼斯，那个船夫只是个打工的意大利语系学生，弹舌音又发得不标准，还有到处都是上过漆的保丽龙和木板。刚才你在门口还一直赞美模型的圣马可广场，真是可耻。"丈夫说。

"还不是因为我们没钱真的出国，你以为我真的喜欢当白痴吗？我努力要让我们的蜜月愉快，而你却忍心破坏我们将来的甜蜜回忆。"语气颇凶。

"没钱已经够惨了，你还愿意干脆变笨。我不行，我受过高等教育，领过全额奖学金，这太荒唐了，我不觉得格调降低和血压升高算是什么甜美回忆。"

"你们的哲学系主任后来还不是为了招生，把自己打扮成苏格拉底在校门口跳舞。你太正经了，人生不过是一场玩笑，否则我怎么会嫁给你。"两人边说边走进订好的房间。"太好了，房门上挂着一串大蒜，我摸摸看是不是蜡做的。"

李家夫妇好不容易安静下来，却听到隔壁传来争吵声。隔壁住的这对男女关系不单纯，泥巴是长相难看但是有钱的中年人，小鹿则是个很漂亮的小妞。他们来这里度假，是因为不知道该去哪才好。泥巴放任她为所欲为，明知她私下和许多年轻的男生有往来，但也只能装傻不敢生气，因为担心她会要求分开。泥巴花过很多钱讨好她，以弥补自己许多比不上年轻男生的地方。

"你不要以为拿离开威胁我，我就会像傻瓜一样被你摆布。"泥巴说。

"好，那我要走了，反正留在这里也是被瞧不起，再见。"小鹿说。

　　"等等，我只是压力太大了，你不要走，给我一个补救的机会好吗？我已经努力在运动、吃药了，有谁肯为你付出这么多？我甚至允许你和其他人交往。"

　　"不要可怜兮兮的好吗，好像我一直在欺负你。没出息。"泥巴要她小声点说。"是你自己想靠药物取悦我的，我交朋友要你同意吗？我们又没结婚。"

　　"你的价值观完全错了，学校上课时你都在打瞌睡吗？别把责任全推给父母或社会，你要为自己的行为负责，要懂得保护自己。老天，我好像你的师长。"

　　"别生气了，我只是不习惯饭店的床单气味，师长又没有什么不对，等一下我们再来讨论教育方面的问题，可以先给我一千块吗？"

　　小鹿打扮风骚地单独在大饭店内招摇，走到电梯门口时，一位服务生忍不住瞧了她一眼，彼此看一眼。山米曾经在各地打工被多次开除过，因为他每在一个地方混熟，就会和女同事胡来。他打工存钱是为了想当明星，当明星是为了将来有机会和更多人胡来。

　　"小子，过来一下。"一位房客将他招了过去，"我的行李在哪？半个小时前就说要帮我搬上来，到现在还没看见，你马上去查一下。"他是个到处旅行表演的钢琴家，在圈内有点名气，他很怕吵闹，只喜欢独自一人在房里读书、沉思。服务生一走，后头有一位女孩子突然很怯惧地跑过来，凯丽想请他签名。他对崇拜者的这种跟踪行为十分反感，但又不敢得罪人家，所以只好很不情愿地答应签名。"我听过你的每一场演奏会，住你住的饭店。我可以和你聊聊天吗？"钢琴家说了声谢谢便回到房内。被拒于门外的凯丽非常失望，对他的完美印象顿时消失，跟随了这么远，花光了身上的钱，却只换来一个冷漠的反应，这个打击让她惊醒，一切都怪自己太迷糊。凯丽被困在这间大饭店，不知道该怎么办才好。

在此同时，一个男人打扮成检验消防器材的人员，正带着一包仪器从顶楼潜入饭店的客房走道。当与凯丽正面遇着时，这人镇静地假装拿着伸缩尺到处丈量。他是征信社的专业侦探，为了受托的一件通奸案，来到此地暗中搜证抓奸。从容避开监视器，寻找几个恰当的拍摄角度，让镜头可以直接对准泥巴出入的地方。这一点风吹草动使得住在隔壁的大胡疑神疑鬼了起来，以为人家是针对他。大胡是个骗子，他告诉现在身边这位今天才刚认识的女人说他会使法术。

"我知道你心里很怀疑，认为这可能是骗局，好像我的目的其实是想从你身上得到什么利益，但是想想看可能吗？难道法律不存在吗？为何人与人之间最基本的信任都会被否定？信任就是法术的源头，否则一切事物有什么价值。"

"没错，听你这么一说，我就放心多了，我以前对人总是处处提防，难怪我永远得不到人家的帮助。"金姐绝不是个会随便和陌生人上饭店的女人，她只是渴望被人关心，只是以为这里真的是新式的修道院。

　　"这些豪华的装潢全是假象，全是必须超越的障碍，但是超越不是回避，而是要先投入后再甩开，这才叫历练。"大胡得意地说，同时放了一缸洗澡水。

　　晚餐时间，房客们所点的餐点陆续由服务生们送过来。闻到隐约的食物香味，凯丽感到肚子更饿了，要不是没有钱，她早就去大吃一顿了。尾随推车到了钢琴家的房门前，她故意突然着急地叫着："有蜜蜂!"接着便两手在空气中乱挥赶一通，并往推车靠近，还告诉服务生山米说："小心在你背后，很毒的蜜蜂喔。"同时趁人家回头时，偷走了盘子里的面包。还没听到敲门，这阵喧闹就把钢琴家引了过来，开门就说："安静点好吗，饭店里很多人在休息。"山米说："不是我在吵，我是来送餐点的服务生。刚才有个人跑过来撞到我。"

　　"餐点?"低头看看盘子，"我点的面包怎么不见了，只剩牛排。"

　　"刚刚明明还在的，可能是刚才被撞到地上。"弯腰找也找不到，"该不会是被刚才那人偷了。她说有蜜蜂，我回头望了一下，结果就不见了。"

　　"什么，你们饭店里有小偷，还有蜜蜂? 我的面包不见了，而且又吵到我。"

　　"很抱歉，我马上再去准备一份面包。放心，我们经理会马上去抓小偷。"

"还有，如果五分钟内我还看不见我的行李，你也不用再送面包来了，我马上办退房，懂吗？我不想再听到道歉或什么理由，这很困难吗？"钢琴家说。

山米急着打电话到楼下经理室报告，没想到经理一听，毫不在乎说："谁？喔他啊，别管他，他是老客人了，每次都是嘴巴抱怨而已，没事的，听听就算了。"山米耸耸肩，接着又送餐点到了大胡的房间，他在端盘子进去的这个片刻，听见了大胡对金姐解说关于宗教方面的事，心想这真是胡说八道，而居然还有人肯相信，眼神怀疑地看了两人一眼。在走出房门时，他有一种想当英雄的冲动，想拆穿谎言，救出受骗的人，当然自己因为职务上的关系，不可能真的那样做。接着再送下一份餐点时，他又想，也许可以教唆别人替他承担当英雄的风险。

服务生在客房前的穿梭，使得躲在楼梯间的侦探无法顺利进行监视的工作。他考虑过收买服务生，以便进入泥巴的房间安装窃听器，但是又不信任，担心可能别人会泄密，这桩生意关系到一大笔钱，砸不得，急得他有几分心惊胆战，枉费置身在一个人人都在放松度假的地方。像是李先生，他和新婚妻子经过一阵观念的激辩后，终于决定要在这里好好放松，只因为钱缴了、人来了，再加上最重要的，婚都结了，实在没必要跟自己过不去。坐在露天的花园中，他们在灯火的围绕下喝着一大杯冰饮料，欣赏着空地上的歌舞表演。

"有时候高兴也是件难受的事，因为会有一股冲动，很想做一些事来宣泄这种高兴，但总不能像小孩一样尖叫或裸奔，因此我才说很难受。"先生说。

"反正你就是打定主意永远不快乐，是吧？我觉得高兴的时候做什么都高兴，不用说尖叫，光坐着就觉得好像飞上了天。"妻子说。这时候歌舞的表演者慢慢走过来与观众接触，带领大家加入，不过大部分人还是坐在位子上。

"我要跟着去跳舞，看起来很好玩的样子。"妻子说。

"不好吧，你不太会跳，会出糗的，你刚才不是说坐着就很高兴。"

"有机会跳舞的话，我何必坐着。走嘛，我们一起去跳。"

"不行，我要先做十分钟暖身操，不然骨头会像粉笔一样断掉。"妻子兴奋地跟过去，身子舞动得十分起劲，而先生则是注意看四周的人在用什么眼光看。他想，别人一定以为这个女人很热情，让他顿时有点希望妻子摔一跤。

在环顾四周时，他无意间瞧见独自坐在后头的小鹿，漂亮的模样让他有点不自在。小鹿见他不自在，便用微笑火上加油。没想到才一会没注意，前头的妻子居然闪了腰，叫了一声便弯下身子，他赶紧过去搀扶。好险不要紧。

"我就说，一定要先做暖身操，你偏不听，这下可好了吧，可能要复健了。"

"你闭嘴，我没事。我刚刚只是想跳凌波舞，从他们的胯下穿过去而已。"

"你疯了，你怎么会跳那么煽情的舞，老天。我等一下要问保险公司，看这样能不能领保险金。你难道忘了，度蜜月时，腰是很重要的，你知道意思。"

"真不敢相信，我受伤了，你居然还在想床上的事。还不扶我回房间。你眼睛在看哪里？我就是看到你没在看我才会闪到腰。"在回房的路上还在斗嘴。

"没有，我刚才看到一个名人。看吧，等我扶你回去后，就会换我腰闪到。"

小鹿在一旁神态自若，左腿往右腿一挂，继续享受自己的美丽。没过多久，不远看过去，大厅里有一个体面的男人，对中庭的热闹似乎一点也没兴趣，这引起了小鹿的好奇，她想走过去让人家瞧瞧，看会有什么反应。这个男人就是那位钢琴家，他受不了饭店的服务品质，打算亲自来向负责人抱怨，但是一走到大厅时，他觉得好像只有自己在不满，别人倒是玩得挺开心，于是他觉得可能是自己太敏感，不打算抱怨了。站在擦得一片光亮的地板上，他感到别人也许当他是笑话，其实他真正想抱怨的是这个，难怪只能保持沉默。看见小鹿闲晃过来，他停止发呆，想到该回房间去了。结果没想到对方也跟着走进电梯，还说了话。

"我的房间窗外没有风景，你的有吗？"小鹿看着他身上名贵的衣服说。

"如果游泳池和假山算风景的话，那就算有。"沉默了一会后他说。

"我是小鹿，晚上可以借一下窗户欣赏风景吗，你是住几号房？"

"晚安，很高兴认识你，小鹿。抱歉，我一向没借人家窗户过。"电梯门一开，钢琴家从容走回房间。她没见过这么自信的男人，一下让她有些难堪，她不相信世上有不会被她吸引的男人，猜想一定是装作镇定，不如等入夜后再来试试。拿着刚买的香烟，她回到房间里陪泥巴。

好不容易等到有女孩子走向泥巴的房间，这时埋伏在一旁的侦探赶紧拿摄影机拍摄，并且打电话报告人在附近的人家老婆，这富婆说还是要先拍到更多证据，再闯进去捉人，免得被人给偷溜了。此时泥巴在房间里有一种不安的预感。

"你怎么买烟买了这么久，该不是别的男人调戏你吧？我很担心你。"

"我只是参观一下饭店，不要紧张好吗。你应该也去附近看看，很热闹的。"

"我不能和你在外头亲密地走在一起，我老婆可能会派间谍来抓我。老天，我紧张的时候就会觉得你好像更漂亮了，可是越接近你就越危险，我该怎么办，把烟给我好吗？"泥巴是为了表现不会约束她，才会容许她任意来去，因为只有这样，她才可能有留下来的意愿。但是泥巴实在无法为了要她留下来，而这样低屈忍让。吸了两口烟，他受不了压力，决定自己出去随便逛逛。见机会来了，侦探到他的房间敲门，假装是来做安全检查的。小鹿没有疑心，就让侦探进去直接装好了小型的摄影机和窃听器。

"你在安装什么吗，为什么要对准床上？"小鹿问。

"喔，没什么，这只是新型的逃生感应装置，失火时，会提醒床上的人，消防安全真的很重要。记得电灯点亮一点，比较……随时看得见逃生窗口。"

"喔，原来如此，我还以为是七一五型超微米摄影机，看起来很像。"侦探一听，眼皮跳一下，回头勉强干笑了两声。随后他赶紧离开，继续跟上去监视泥巴。另一方面，隔壁的大胡几乎确定门外有人在监视这附近，一眼往门上的窥孔一瞧，就认定那个穿制服的人是假扮的，也许是警察埋伏，他得想办法避避才行。收拾好袋子里的迷幻药和手枪，他想先带金姐到外头逛逛。

"把衣服穿起来，我们先去买点东西，待会再回来沐浴净身。"

"可是你刚才不是说穿衣服是自我束缚，我好不容易才挣脱了。"金姐说。

"没错，这就是一种在不断挣扎中产生的力量，很复杂的，我待会再解释。"

"都怪我蠢笨，简直是什么都不懂，好像随时会被老千耍得团团转的傻瓜，真感谢你没放弃我，还劳你费心讲解。"一样，大胡眼皮一跳，干笑了两声。

　　越到夜里，人们便活跃得较为不明显。现在人们都聚在酒吧里闲聊，一聊就多喝，一多喝就聊不停。吃了点面包后还饿着肚子的凯丽，坐在一旁想看看有什么办法可以回家。山米围上围裙在桌台后帮忙，饭店人手不足，他必须随着人群走。泥巴则在位子上不停东张西望，嘴里嚼花生嚼个不停。混在一伙人中的大胡和金姐，也跟着走进来，藏身在一团吐在空气中的白烟里。

　　"请问可以分一些花生给我吗？要不是已经饿了一天，我也不敢这样冒昧要求。"凯丽说。泥巴没说什么便把小碟子推给她。"谢谢你救了我。"又说。

　　"要不要顺便来点烤圈饼？有点硬，但味道不错。山米，来一份。"泥巴说。

　　"这样不好意思，如果我能回家去，我就能还你钱了。"说了自己为何被困在此地后，泥巴相当同情她，打算帮忙到底。"那就太感谢了。"她恭敬说。

　　"不用客气，不用担心，我最希望帮助看起来像你这么善良的人。"山米一听他这么说，便认为也许他会是个乖乖被利用的傻瓜，至少喝了酒后是的。不会喝酒的凯丽在环境气氛下竟灌了两杯，喝得有些头昏眼花，情绪变得有些激动。

　　"对不起，我不能接受陌生人的帮助，一错再错，不要理我，都怪我罪有应得，我太天真，根本无法报答你。"说完就颠着步伐离开了，任泥巴怎么说也留不住。这结果让双方都有点难堪，凯丽回想到自己前天还单纯来回于学校与家之间，而现在没想到却只为了跟随一个不认识的偶像，搭乘长途车逃到这里来喝酒借钱，她觉得自己辜负大家的期望，孤独无依，越想越伤心。

"所有人都不相信我，我只是个花钱买罪受的白痴。"泥巴独自说，"我欺骗妻子，情妇欺骗我，妻子姑息我，我姑息情妇。"一想到会表现得不好，他就难堪得不敢回到房间，好像他正直得不想要有欢愉似的。玻璃杯在转动中印满了指纹，他知道早晚要回到房里，早晚要离开那个狡猾的女孩子，早晚要说出会破坏婚姻关系的实话，早晚会又像现在一样，独自坐在这种地方喝酒，无法违抗。山米看出他这时正需要人家拉一把，便乘机献上一番肤浅的友谊与信任，使他产生一种自己不再是傻瓜的感觉。

"我们为什么要来这里，接下来还要去哪？我好困惑。"金姐问。

"你是指这个酒吧，还是人世间？"大胡戴着假面舞会的面具说。

"我的意思是说，没错，我已经换过了好几次工作和男朋友，吃足了苦头，我已经决定要追求另一个层次上的价值，正如你说的，我被世俗繁琐的事物捆绑，渐渐失去了灵性。我十二岁时就有一个老师父说我全身都有慧骨，他说摸得出来，尤其集中在骨盆一带。我是说，带我去修道好吗？我什么都愿意做。”

　　“你这样的精神相当可取，那就要准备接受重重试炼了，首先……”这时另一边的山米告诉泥巴说：“你不仅不是个笨蛋，你还是个救难英雄，看看身边有多少人需要你的解救。像是对面那个女人。”指着金姐的方向，“她被身边的那个男人拐骗、控制，只有你能够成为她的救命恩人，到时候大家就不敢瞧不起你了。”泥巴一听，先是觉得别人的事何必管，但是再看金姐一眼，他想，他再也不想靠金钱拥有一个女人了，他要凭本事赢得女人的尊敬，当个男子汉。接着打了个酒嗝后，他摇摇晃晃走过去，当面就邀请金姐到中央的舞池跳支舞。两人看他一副醉态，不愿惹事，便顺他的意。拉着金姐的手穿过同样戴着面具或蕾丝眼罩的人群，他装作轻松地边跳舞边说话。看在大胡眼中，不免又是一阵疑心，认为泥巴是装醉的便衣警察，等过了一会金姐回坐时，他更是心存提防。

　　“他跟你说些什么？我看他不仅是酒鬼，还是个疯子。”

　　“对，没什么，只是疯言疯语，别管他。我可以再点一杯汽水吗？”下了药物的饮料让她有些兴奋。随后大胡叫她先回去房间打坐，说自己要去打个电话。

　　在路过钢琴家的房门前，她看见喝醉的凯丽在不断敲门叫唤，于是赶紧绕路走开。凯丽打算不顾一切把话说个清楚，要他知道自己对崇拜者有多冷漠。钢琴家不堪打扰，只好应门理论。"请问有什么问题吗?"他努力保持沉着。

"有,问题很多,你少装客气了,别以为这样应付我就可以让我衷心。你为什么不劝我回家,我就是要来让你劝的,陪我聊天好吗,反正你一个人没事。"

"我听不懂你说什么,请不要打扰我们休息好吗?"双方争执激烈。

"他说的没错,请不要打扰'我们'休息好吗?"小鹿从走廊另一头过来解围。她本来接到山米电话通知,要去把酒醉的泥巴接回房间。

"看吧,我没敷衍你,我不是一个人,改天有空再聊。再见。"说着便让小鹿进入房间。关上门,从门上的小洞窥看,结果凯丽还在附近沮丧地徘徊。

"谢谢你帮我解围,可不可以再待一会,那个疯女人还在门外。"钢琴家说。

"好吧,那我就再委屈一会好了,浴室借我洗个澡好吗?"说完便把衣服脱掉,拿着桌上的香槟到浴室里。

钢琴家一看又是一阵焦急,冲过去就紧张地说:"你不可以在我房间里洗澡,我不认识你,你丈夫会误会的!"

"喔,别担心,我的男人只是个没出息的老东西,你打得过他的,帅哥。"

"谁说要打架了?好,现在外头那个女孩走了,你可以离开了吗,谢谢。"

"嘿，你想把我利用完就踢开吗，你对淑女可以这样没礼貌吗？"

"你才不是什么淑女，你故意在我面前脱衣服，企图太明显了。"小鹿一听便在浴室里哭起来了，先是一阵诉苦，接着又问有没有剃刀。钢琴家小心地想劝走她，同时心想真倒霉，竟然在这家鬼饭店里被两个疯女人缠住。

李夫妇的房间里这时也同样不平静，他帮着躺在床上的妻子按摩受伤的腰。

"我受伤的是腰，不是臀部，往上一点好吗。"妻子说。

"我知道，我只是觉得你今天看起来格外迷人，尤其是臀部。你今天晚上要不要？这是度蜜月的主旨，我还特地带了些辅助工具来，我看一下说明书。"

"不，我身体动不了了，别来烦我，你再碰我别怪我翻脸。"

"你身体不用动，我动就可以了。"妻子一脚把他踢下床。"我这就出去买药回来给你治腰痛，别生气了，你可以先去洗个花瓣浴等我。"妻子拿床头的花瓶丢他。一走出门，他就在钢琴家的门外又看见小鹿迎面走来，一时间眼光不停打量，言语开始搭讪。他还谎称自己未婚，是个摄影师，赞美人家外形十分上相，具有模特儿的神韵。"走开，不然我的丈夫们会围殴你。"小鹿下楼梯说。他反咬人家说谎，执意要谈个价钱。小鹿晓得挡不了骚扰，便想干脆给个教训。

"你把房间号码告诉我，我晚上过去找你。"他无疑其中有诈，便欣然听从，比较担心的是，要怎么引开连下床都有困难的妻子，他越想越烦恼。

接着她终于去把酒醉的泥巴接回房间。一旁的侦探见时机成熟，便赶紧联络人家太太来抓人，他一路跟着两人走，想要拍到正面清楚的照片。对男人有着敏锐嗅觉的小鹿有一点感到被跟踪，她的警觉让侦探错过一些机会，不得不躲到通往屋顶的楼梯间。在这个偏僻的角落，侦探无意间发现身后有个女孩站在围墙边缘，形貌忧郁。一样喝醉的凯丽站在这里望着楼下地面，她觉得自己一事无成，世界一团混乱，她想要在这里结束生命。侦探一时有点矛盾，不知道该先捕捉目标的镜头，还是先过去劝阻这个状似欲自杀的女孩，只要选择一边就错过另一边。

山米依照吩咐送一份消夜和解醉的饮料去给泥巴。端着盘子才一进门，泥巴便把门赶紧锁上，说："快进来，有侦探在监视我，刚才小鹿在回来的路上发现的。"山米说："有吗？我怎么没看见？"话才一说完，突然一阵猛力的敲门声把房内这三个人吓僵了。"开门！别躲了，我都看见了。"往门上的窥孔一看，原来是泥巴的太太已经赶过来。"完了，我太太一定会杀了我，怎么办？"在一阵慌乱中，他无法判断哪个办法会有破绽。"别躲了，往窗户逃也有我的人埋伏，再不开门我就冲进去啰。"在时机紧迫下，他急忙叫山米把身上的白色制服脱掉，和小鹿躺在床上假装是夫妻，而他则缩在床底下。太太冲进门一看，一阵惊愕，山米马上趁对方迷糊之际假装怒斥这种不礼貌的举动。"抱歉，我在抓我先生，请问你们有没有看到别人在这个房间？"太太问。"走开你这疯婆！你打扰到我和我老婆了，再不走我叫警察啰。"见这情况她也只能想不透地离开，去找侦探把话问个清楚。她关上门时，还忍不住附耳一听门内的声音。

　　逃过一劫的泥巴不敢大意，山米要他别出声也别起身，说这房间已经被装监视器了，说他必须和小鹿亲热一下才不会被起疑。泥巴答应，但是命令他们不可以假戏真做，不料只见两人来得火热。"嘿，小子，客气点好吗？不用装得那么像吧。"泥巴躲在一旁轻声说。"放心，我知道限度在哪。"小鹿兴奋地说。

　　另一方面，大胡回到相信他而他不相信的金姐身边，人家越听他的话，他就越怀疑人家跟警察串通，逼得他得放弃这个人质，他转变的冷漠使金姐忧虑。

　　"是不是我做错什么，为什么不和我说话了？我需要你的开导，你比谁都更了解我、关心我，要是你也丢下我，我真的会走投无路。"金姐靠近说。

　　"少装可怜了，老实说你是不是听了那个酒醉男人的警告，想要试探我的底细？没想到你还真够镇定，我差点被你天真的模样骗了。"大胡闪开说。

　　"我听不懂意思，难道这就是你说的'重重试炼'吗？还是你有事瞒着我？那个人说你在拐骗我，我不相信所以不告诉你，不过看来也许我该相信。"

"够了，我不需要你的相信。"他掏出手枪对着金姐，"现在起你就是我的人质，把衣服穿上，照我的话做，要命就保佑我顺利逃到南部。"知道再次受骗后，金姐忍不住心中一阵难过委屈，两腿一软就坐在地上啜泣，接着去上厕所。

同样坐着啜泣的还有在顶楼的凯丽。即时被侦探一把救下来后，她就一直情绪激动地回答人家的问话，她说自己是如何经历这段折腾。侦探十分同情她的遭遇，并且很佩服她追踪偶像的毅力，告诉她也可以考虑来当私家侦探，反正他正缺个接应的助手。当两人好不容易才喘了一口气，生气的太太马上来找侦探问泥巴的踪影。"你在这里做什么，泡妞吗，你不是说证据在握，结果人呢？我说过要抓本人，真是白雇了你这个笨蛋。"说完情绪一变，太太神情沮丧了起来说，"我永远也抓不到那个老狐狸的尾巴的，怎么办？"侦探走过去安慰她说："你先生是有跟别的女孩在一起，但是只是请她喝杯酒聊天而已，那个女孩就在我身边，我有照片。"于是凯丽把她与泥巴在酒吧交谈的整个经过告诉了太太，这才平抚了她的愤怒与忧伤。不过侦探最后还是拿泥巴和小鹿亲密在一起的照片去向泥巴勒索了一大笔钱。他付钱付得很甘心，毕竟这是他头一次对挽救婚姻有所付出的最具体证据。

回到刚才，泥巴捂住耳朵和眼睛，偏过头去，不敢知道床上发生了什么事。就在这时候，他从窗口无意间看见大胡押着金姐正离开饭店大门。他赶紧说：

"山米你看！你说的果然没错，那女人被控制住了。"两人挤在窗口张望。山米有点怀疑地跑向他们住的那间房间，一看里头果然没人，往浴室一探，他发现镜子上有用牙膏写的求救字样，这是金姐在假借上厕所时留下的。他赶紧叫泥巴从仓库走一条通往门外的捷径，自己则去控制室打开强照灯。泥巴由于窝囊了一个晚上，这时救人的使命让他精神百倍。摸黑跌了一跤，终于喘着气跑到外头追上他们。"站住，你已经被警察包围了。"泥巴喊道，同时强照灯亮起。"你们过来的话，这个人质就没命。"两人紧贴在一起走。"救命，我还想衣锦荣归呢。"金姐大声说，大胡要她闭嘴。他们一退到饭店的河道旁的小径时，金姐回头看见泥巴给了她一个往下的手势，于是她瞬间全身使劲往河里一跳，这重心一带，让大胡也一块掉进一个人深的河水中。就趁他们落水挣扎时，泥巴赶紧跑过去将金姐救上来，等大胡摸黑捞起手枪上岸，大家早已回到饭店内，驻卫警闻讯赶来，他也就只好自己落荒而逃。

尝到当英雄的滋味后，原本泥巴大可利用金姐感谢的时机打歪脑筋，但是他自知那样有违英雄形象，成就感的满足取代了女孩子屈从的满足，于是他独自得意地回家了。而山米则是因为促成整个行动，得到泥巴给的一笔致谢的钱，现在他可以达成理想，去接受演艺方面的训练课。金姐则是递补了山米的缺，成为饭店里的员工，虽然偶尔还是会笨手笨脚犯错，但是每天接触各种客人倒也让她较会识人。对于小鹿，由于她的魅力最终还是让原本抗拒万分的钢琴家抵挡不了，所以她接受人家事后对于无理驱赶的歉意，答应陪着钢琴家到处巡回表演，不过她是否出于真情答应，还是只想把人家当车搭，那就不晓得了。

当凯丽夜里随着侦探走后，房客就只剩下李夫妇了。先生午夜借口要游泳，准时偷溜到小鹿房间赴约，结果不料摸黑亲热个半天，对象竟然是妻子。因为小鹿在广场见过他妻子，后来暗中打报告。如此先生自然得解释一番，至于怎么解释，对小两口而言也不重要了，只听见船夫还在唱着威尼斯船歌："玫瑰盗走了我心上人唇上的朱红，爱情带着我心中欲望的托付。虚情假意所为为何，优雅地飞翔吧我大胆的梦想，如果看见请别出声，就让我悄悄来到爱人的怀中吧。"

五段小故事

一、骚扰者

星期六晚上，陈男和李女租了一部电影回家，才刚开始看，电话就响了。一接听是王男打来的，她的表情有点为难。抱着一袋零食，陈男一屁股坐在沙发上，随手把她的脚捉过来揉捏。过了一会儿电话还挂不掉，他只能在一旁玩着茶几上的烛火枯等，就听到李女语气温和地在那儿应声接话个没完。

其实她和王男并不熟，完全是对方几次主动来找她，由于李女外表和个性十分迷人，所以经常会需要应付这种人。最后电话足足讲了两个小时才完，她又累又烦。陈男没问半句，端了一杯掺了半包橙粉的温水到卧房，叫她早点休息，自己夜里先把电影看完。她听着传来的小声的对白，一直睡不着。

一个月后，她偶然在新闻上看到一则自杀的消息，一留意才发现那个人就是王男。她当时第一个反应是吓了一跳，可是坦白说并没有太意外，老早她就觉得很不对劲，事实上还有些正如所料，她越想越害怕，怕这消息与自己有关。晚上在参加一个同事家的聚餐时，她为了挑礼物和找地址迟到了。匆匆叫住电梯，里头是个陌生人，门一关，她突然一阵恐惧，觉得很怕看见那个人的脸，也怕被看见。在那短短的时刻，好像自己在防御某种具有威胁力的东西。

随后几天，她有一点不情愿地回想起与王男仅有的几次交谈，因为她觉得自己的同情心被利用了，再多的包容和鼓励，反倒成了默许和误导，要不是怕可能会刺激到对方，她早就可以不理会了，原以为是明眼人就会知难而退，不料却落得这个结局。车子开到购物商场的停车楼层，陈男也感觉到她大概有些困扰，而且如果不问的话恐怕是不会说。在通往商场的走廊上，他看到一幅一家意大利餐厅的广告海报，于是提议周末两人去那里吃晚餐。李女这才注意到自己是否看起来如何了，正好这时候她要上厕所，一转弯就独自走开了。她很不想向陈男谈那件事，最好是忘掉，别把小事一说反而成了大事，她再也不想被无故连累，难道不是整件事都与她无关吗？她看着镜子心想，这种事只能说是遗憾了。

既然如此，那么把它当小事或闲话说说又有何妨？他们平时不是想到什么就说，没有隐瞒，凭什么这次例外？受了委屈不正好该告诉他？李女越想开口就越感觉到一阵障碍的逼近，难道她可以倾诉一件连自己都不明了的事吗？而倾诉又真有助于明了一件事吗？到了周末，这天陈男傍晚临时有事要忙，他打电话说一定会尽快赶过去，要她再等一等，不要取消订位。

　　不长不短的等待时间，她绕到另一个楼层，去看一些进口的皮肤保养品。店员取出一些试用品给她，以及一旁同样年轻时髦的顾客，她们的部分服装打扮与她相似，她有一点想不透，如果男人是被女人的外表吸引，那何必区分这个人与那个人呢？为何非要找上某个人才行，并且想尽办法要打听对方的消息，苦心等待机会联络，即使明知不可能有任何获益呢？她当然晓得王男没有恶意，绝不可能伤害她，但是每次谈话中那些反复不休的自贬与故作轻松，根本只是在暴露自己是有精神病的事实。哪个人不都是一大堆烦恼，哪个人不又是全靠自己处理？她一点也无法不只用应酬语言阻挡这类骚扰，她不是住在一年见不到两三个人的乡下，要是真要她每天对每个接触到的人有耐性，那还得了。同样得不到一样东西，有的人承受得了，有的人却不行，这跟不能怪罪最后一个上电梯的人害重量超载的道理是一样的。

　　餐厅门外始终有三四个人还在等候位子，里面的谈话声音大，使得他们得靠近一些才能交谈。结果才吃了一半，李女就没胃口了，喝了一口冰水后，她开始把整件事告诉陈男，包括电话的内容。

　　他们不到八点就走出了餐厅，来到前面的广场上，穿过散步的人群与光滑的溜冰场，坐在对面的公园椅上，身子紧靠在一起。陈男说："我们有命可活的人，就应该好好把握机会，享受这令无数人多么渴望得到的一切，我们真幸运能年轻时就体认到这一点。"接着一阵耳语，两人便亲热了起来。等不及地回到家，之后，他们在一阵激情中得到了从来没有过的强烈的快感。

然而，这一切全要归功于一个骚扰者的死去。

二、偷拍

望远镜中的影像不停晃动，没办法，他饿得手脚无力，冷得指头发麻，连他抱紧的这棵树也在风中晃动。史提夫是一家绯闻周刊的摄影记者，这次奉总编辑的命令，来这里偷拍大明星"羽毛"凯西和富商男友度假的情景，要是失败的话，他会失业，然后走投无路。

头一天他试着记录下目标活动的区域和时段，摸熟路径。调整了几次观察的角度，终于找到了最好的位置，可是那往往正需要最危险的姿势，或者目标突然又移动到了新的位置上，例如进市区买东西，他还得小心跟踪，随时担心被巡逻的保镖发现。树上的小昆虫常常爬得浑身发痒也得忍耐，因为他深怕稍一分心，就会霎时错过最好的镜头。静静守在抵靠着树枝的照相机前，眼睛盯着看，偶尔轻轻活动一下脖子或手脚，吸一口柳橙汁，就这样整天不动。第二天虽然拍到两人交谈，但是这样还不够，必须拍到双方亲热才行，不过眼看凯西只是一直独自在庭院中看书，什么举动也没有，第三天也差不多，令他十分着急。

躲在树丛枯等的这段时间，几乎是他人生中最难熬的片刻。头脑里无聊地想着一些零散的事，好像自己是失去活动能力的病老头，是一只不小心卡在墙缝的垂死野狗。缓慢的时间进行得广大无垠，让他有一种超然于现实之外的奇幻感觉，没有人能了解他这番寂寞的体悟。他想起了小时候曾在树上玩扮猴子的游戏，是树木枝干生长的模样左右了他的动作，树教他如何成为猴子，在树上就无法以人的动作活动，他必须学会用眼睛判断哪根树枝可以承载多重，如何把力量分散开来。他几乎体会得到另一种动物的感受。接着他又想起少年时候，曾经独自远远地窥看一个女孩，看得有些着迷，即使人家没做什么，而他也不知道自己究竟是什么地方满足了。这时候，一个景象让他回神过来，凯西与走近的男友起了口角，两人发怒吵架，甚至动手推抓，过程全被拍摄下来。

男友离开后，就看见凯西垂头丧气坐下来拭泪，不晓得她有没有受伤，模样让史提夫十分同情、担心，以致原本可以带着底片就回公司，而他却忍不住继续留下来，想看看后来的情况如何。凯西的一举一动全在他的眼中，几天看下来，他似乎已经能够完全了解她的感受，有些对话甚至可以猜到内容，推测出事件的概略，尽管无法证实，他却相信一定是那么回事，越相信就越沉迷于眼中的景象，加上几天的饮食休息不正常，他的情绪和想法也自然有了些没意识到的改变。

晚上，在向总编辑回报进展时，紧急变更的计划要召回他，不料他却脱离指挥，擅自决定要留下来，并拒绝交出拍到的照片。凯西的貌美与迷人的气质让他忍不住想自私独占，他绝不让别人轻易地也看见他的这般美丽的凯西。他不停将一卷卷底片拍完，拍下每个小小的动作及不同方向的面容。见到凯西走出屋外，走往海边沙滩，他认为这是个接近的大好机会，丢下摄影器材就跟了过去，他想要直接表白这几天以来心中所产生的情感。跟随到了海边，他发现凯西其实是想要溺水自杀，于是不顾一切便冲上前去制止，一把抓住了她缩躲的手。

等到男友和经纪人被保镖通知赶来时，已经是深夜，只见到凯西独自在沙滩的桥板上散步，对之前的事不发一语，急得别人无可奈何。她万万没想到应该感谢的救命恩人，竟然是她一向最痛恨的狗仔队摄影师，不论史提夫如何悔过澄清，她都无法感谢这种靠侵犯他人隐私的手段牟利的人，放他走已经是最大的礼遇，没想到竟然敢示爱骚扰她，她感到仿佛连助阵的月光海滩也在骚扰她。

暗房中的显影药水洗出一张张凯西的身姿，一天天过去但他仍无法忘怀，考虑了很久，他决定带着一大沓相片去与经纪人要求和凯西见面。起先她们以为这是勒索，只好不甘愿地配合。等到见到本人，他才神情认真地说："我虽然失去了工作，身上又没钱，但我绝不会为了发一大笔财，把这些照片卖给周刊，甚至向你勒索。因为我对你太着迷了，我犯的过错拯救了我，现在我要把这些照片当成礼物送给你，表达对你的情感。"看着一张张千辛万苦所拍的自己的照片，凯西心中有一股感动，于是也就接纳了他，几个月后，他们结婚了。

绯闻周刊照例大肆报导这桩传奇的婚姻，许多史提夫过去在公司的种种为人，全都被夸张描述。于是，读者们暗中又开始怀疑这段婚姻能维持多久……

三、非常非常讨厌的人

如果可以不认识李太太的话，陈老师的人生大概就很接近完美了。这话听来也许夸张，不过和李太太相比，所有他认识的讨厌鬼或人生挫折仿佛顿时都显得不算什么了。连他一向不诉苦的个性都不免为此破例说起闲话，毁掉一世的修养，越讲越两头生气。他觉得要是一笑置之就便宜了这号人物，如果有机会的话，陈老师很乐意亲手宰了这只狡猾的笑面虎、马屁精兼长舌妇，为民除害。

李太太自称是艺术家，与诗人丈夫一起开了一家"艺术补习班"，顾名思义，大概就是教授琴棋书画之类的才艺。据说李太太的电话簿就是一本文艺界的名人录，过了气的还会自动删掉，消息灵通得很。没错，她就是以认识有名的艺术家为天职，上从国宝级的老大师，下到刚崭露头角的小伙子，无一幸免。

她的教室墙壁上贴满和那些人的合照，好像每个人都不是被她缠得非答应不可似的。有一回她花钱出了本诗文集，在序文里，她用了比内文更多的字数，把所有文坛里的人（除了历史上的唐宋古文八大家之外）全给感谢光了。还一一细数人家如何亲切招待她，用的杯子、吃的菜、洗的肥皂、听的唱片、回赠的小礼物、敷衍的语言，都能被她当作友谊的铁证紧抱着不放，所有普通的应酬程序，全被她讲成了无上的恩宠。

"你就别跟这种人一般见识了，当笑话冷眼看看就算了。"老朋友刘翁说。

"就是你这种无关紧要的心态，放纵了她这种人为所欲为。告诉你，她就是看准了我们一定不计较，才会得寸进尺的。我决定以后对这种人不客气了，这种偷渡的小事比大事更阴险可恨，你不觉得吗？我相信韩愈跟欧阳修一定会同意我的看法，然后写一篇关于小人误国的文章来批评。"陈老师说。

"用不着大惊小怪，我们这圈子里多的是攀龙附凤的寄生虫，你也不是不知道，我相信放诸四海差不多也一样。你这种不平声自古皆然，但又能如何？我看陈公，你就省省力气吧。"刘翁说到这儿，知道自己也该一道省省力气，看来他的怒意是不单纯的，识相点就别阻挡了。

听见厨房的洗碗声，陈老师又忍不住责骂起妻子对待客人总是过度友善，一点防人之心也没有，简直像只任人宰割的肥羊。一听到有客人要来，不管人家打的是什么主意，第一个反应就是赶紧去市场买菜，深怕有人诬指她不是个贤内助。每次妻子花较多钱买上好的菜，为的不就是换取一席称赞，人家一骗说她变年轻漂亮，就马上去开上陈年老酒请大家。想想平时哪有这么好的酒菜，好一个"严以律己，宽以待人"。他真不懂为什么要招待混账东西，妻子搬出四书辩称，"子曰：有朋自远方来……"如何如何，毫不计较李太太靠着一整墙名人合照的背书，卖掉了几千万元的鬼画符，以及帮她丈夫到处偷了多少诗句及题材。更讨厌的是，要是被人愤怒地指责错误，马上又是没完没了的道歉、送礼。

　　仔细思考整件事，陈老师发现，自己从前有一半的人生都耗费在应付这类很讨厌的应酬上，包括婚丧喜庆及年节宴客等等，客人一来就大展礼仪之邦的风范，为了怕怠忽，不辞卖笑作陪，借钱请客。这种虚假、花钱、费时的折磨形式，根本是不值得忍耐的。怪罪起来，他想，这中国人好客的待客之道，说穿了不过就是待宰之道，这绝对有助于训练百姓逆来顺受、互相制约，说不一定其中藏有某种快感，少了还会自己去讨。他坐在书桌前，写了篇日记，末尾并附上一首即作的五言诗，诗云："山头云中埋，远道树延来，逸意常领路，步留青屏外。"搁下笔。

　　对于老朋友少见的激动反应，刘翁回去后仍然不免纳闷，到底他心里是什么东西给刺着了？没错，李太太逢迎谄媚的功夫到家，没那张快嘴还一时说不完，但这招究竟对什么人有效，并使李太太相信这么做会有效呢？刘翁猜想，艺术家的圈子里，多的是孤独，少的是知音，也难怪赞美的话一挂上嘴边，任谁都能横行无阻。当人一渴望被赞美，李太太这种人便称王。他考虑了一下，觉得这个得意创见不宜告诉陈公，以免伤害友谊，这是他头一次对老朋友隐瞒看法。

之后，这两人有一段很长的时间没联络，长到再不联络就觉得理亏时才又开始互访，不过次数与时间却远不如从前，而且言谈举止里也更见客套。

四、说教

没看完的报纸扔在一旁，他又闭上眼小睡了片刻。退休不到两年，牟教授就成了病人，经常去医院排队看诊，每天都有药要服，指定的饮食和活动更少不了。媳妇认为现在的他比以前多愁善感，全是因为心情不好而坏了身子，那身子一差，心情又坏了，如此恶性循环。前阵子甚至住医院救治观察，最后紧要关头庆幸老天及时伸手，竟然奇迹似的从险境中康复过来。

老教授这一康复，整个人仿佛变得有些不同。他经常占着电话，和朋友一聊就是好几个小时，讲得人家无法再听下去，非得明说要挂电话才行。找不到听他说的人，他就去书房埋头写作，把许多对于广泛人生议题与社会现状的看法，全写成一篇篇文章，并影印起来，带到以前任教的学校去散发。他一进校园，逢人就开始说教，神情与语气都十分严肃。大家被这疯子的行为搞得有些不知如何是好，有的视而不见，有的则既同情又觉得可笑。

对于种种这些挫折与奉劝，不但没有让他灰心丧志，反而还激励起更大的斗志，扩大了他批判的范围，逼得大家只能尽量躲避忍让，深怕惹怒他，包括校方的劝阻。看着这幕校园奇景，新任的校长私下说："算了，别理这个疯子，免得他找上记者媒体乱告状，害我们被误会。再让他闹闹吧，也许等一会就心脏病发作了。"同时，几个男同学这天决定要恶作剧一番，等到老头又走过来要讲话时，这次他们不但不躲开，还好心搬来一张椅子，端了一杯热茶伺候。十几个学生就坐在他面前地上，乖乖忍住笑意听讲，接着又举手问一些捣蛋的问题捉弄他。"老师，我还是不懂，可以再讲一次吗？""老师，我虽然知道信仰使人的神性在精神层面上得以跃升，但是我还是很想和校花上床，怎么办？""老师我知道了，这一切物质都是虚空，我们都是不存在的，所以点名簿上的旷课记录也是不存在的对吧？"老教授依然很认真解释自己所要表达的思想。"你们不要这样嬉皮笑脸，我是真心要把人生的经验传授给你们，等你们年老要后悔就来不及了，真的不要开玩笑，这一切的价值判断全在你们一念之间。"

这时一个以前被牟教授教过的学生正好路过看见，马上前去制止学弟的行为，并恭敬地牵着老师离开这人来人往的教室前，带到宿舍大厅休息，给他一杯水服药。杨班代是个成绩优秀的女孩，对老师过去的不管是为人或学养方面都相当钦佩，怎么也没想到他今天会有这般窘境。打电话请家里的人来接他时，班代约略从媳妇口中得知病情，还提到连老朋友都受不了他的烦言躁语，让他感到很孤独，饭也不吃，手脚也懒得动。好心陪同返回之后，看老师镇静了许多，这才放心告辞，临走前她安慰了老师几句话，期望好好休养，答应以后常来探望他。教授一听非常感动，频频称赞这孩子，紧抓着人家的手不放，接着又说起现在年轻人迷失了，连最基本的良知都被物质享乐掩盖，还说到人类的历史变迁和哲学思潮，没完没了。"你懂我意思吗？不能再视若无睹了。便利的工具取代人对生命实质的体认，所以人性消失，这是无法靠教育传授的，这一切清清楚楚摆在眼前，为什么没人看得出来？"因为担心一离开又会对老师造成打击，所以她耐住性子，一听就是几个小时的说教。

　　好不容易脱身回去后，同学们过来关心。"他是很难缠的人，你还敢去理他。"一听到这种说法，班代觉得相当反感，马上驳斥一番，告诉大家如果一起多关心他，也许可以改善情况，疏离和指责只会让事情更糟，可是没人愿意浪费时间配合。接下来几天，杨班代必须为自己的主张负责。牟老师几乎每天都主动来找她，说："只有你肯听我说，你是最好的学生。我一定要把一生所有思想传授给你，把你造就成一个真正有思想的人。"她一听才知道原来自己给了人家误导，还是害了老人家，她一刻也不应再隐瞒。"听着老师，我知道这样说很伤人，但是为了你好，我必须老实告诉你，你有一些身体上的疾病，一定要让专门的医生来帮助你，我不能再听你说那些想法了，求你不要再来找我，等以后你恢复健康，我一定会再去见你。"擦擦眼泪，看着还是一副纠缠的模样，她犹豫了一会，语气突然转变说："滚开，你这个唠叨的老头！再来烦我就不客气了。"

五、入戏

一早走在北城的大市场必须打起精神来，否则就会和王男一样，不知被人群与摊贩带到哪去了。离家两年来，不知道多少次走经这片嘈杂，叫卖议价声与穿梭的车声交合，一刻也不能不去注意。不过他从来没有一次像现在一样感到这么彷徨无助，好像后头的人随时就会踩过他疲弱的身子。

他有预感自己可能永远都无法从被待了这么久的剧团开除的挫折中恢复，这整件事就像一支箭般射中了他，全都该怪自己太喜爱戏剧、太想成为演员，而却根本没考虑到自己是不是这块料，他没想到决心和发愤居然也会误人，真后悔没听前辈的奉劝早点放弃这条路，搞到最后被嫌弃，还白费了那么多时间。

其实他的演技在北城以外的剧团来说都还算好，只是他宁可在最好的地方居次，也不愿在小地方称霸。站到市集区旁较空的位置，他抹抹汗歇了一会，脑中马上又想到身上一点钱也没有了，而除了演戏之外他别的都不懂，真不晓得晚上要睡哪吃哪。就当他正觉得走投无路时，这时候身后对面有一座帐棚里传出一阵掌声，吸引他过去一探究竟。

躲开前面人墙歪着脖子，他看见一个主持人带着两个外表伤残的人在做简单的表演，那两个男人不只有烧伤及刺割之类的伤疤，智能上好像也有一点不正常，大概就是疯子。他猜想可能疯子特别容易意外受伤，不会保护自己。那吓人的模样，使得一些小孩不敢看。主持人一下命令，两人就乖乖地照做，那些一般人做的平凡的动作，由他们做起来就显得不容易，有些甚至很有滑稽的效果，看得大家纷纷给他们赏金和同情的掌声。这景象让他灵机一动，约略有了个主意，这主意出现的时机使他把这主意当救世主般紧抓住不放。

冲动之下，他回到住处关上门，从桌底下拿出一大盒化戏妆的材料，坐在摆着镜子的桌前，试着模仿之前见到的疯人模样打扮了起来，并且演练着相同的动作，就如同过去他在剧团里扮演着许多个性各异的角色一样。他对此的热情使得所做的事似乎有了正确性，他心底巴不得有个机会能证明自己被开除是错的。

几乎看不出来是他，早上他佝偻着身子，散着一头黏发，露出歪嘴斜眼的丑陋模样，避开几个同样在乞讨的人，慢慢走到了市场的一个角落。他自然的模样瞒过了每个注意起他的举止的人，引起越多人注意，他就越被激发潜力，想要表现得更好，想要吸引更多人。这个残伤疯人角色不但不令他反感惧怕，相反地还使他产生一种奇特的认同感，好像这角色能够充分表现出某些本人当前的处境，毕竟这是他所扮演过的众多角色中最困难的一个，并且是完全维系在自己的操控得失上，头一次可以这样自己来，包括过去日子私下向化妆师学来的化妆术。真想让杨姐看看这个学习成果，可是又怕真的被她撞见这模样。

他不断在这里把一些简单的动作故意做得很吃力，有时故意错一两次让人担忧，或者让人一时料不到接着要做什么，整个表演的气氛和节奏都在他的掌握中，没人会去注意到是真是假的问题。几天下来，果然乞讨到一些钱，同时他也开始让表演的内容更加才艺化、风格化，有时即兴以奇怪的口音说些逗趣的话，一些在普通人身上看来没什么的言行，透过他这个疯子的角色演来，样样都显得有趣。后来他的名气日渐在市场的这一带传开了，有人闻风特地来看他唱歌跳舞，于是这艺人的身份让他越来越难摆脱，当然主要也是为了不错的赏钱，他才会继续扮演下去。

有一天，富翁陈老板过寿，特地派人请他到府上做表演，娱乐当天出席祝寿的宾客。他来到这栋豪宅前，突然有些怯步，担心被人存心看穿当众出糗。可是他转念一想，觉得应该想成是他在耍弄大家才对，于是接下来便很顺利地在庭院里，完成一段茶点时间的表演。在接近傍晚时，在外地求学的陈家大小姐终于特地赶回来陪父亲过寿。陈小姐长相十分貌美，个性温柔，王男一见便不禁满心倾慕，但碍于自己假扮的模样会给人家不好的印象，所以一直躲得远远的，并急欲离开。

就在这时候，小姐非常亲切地来到他面前，准备给他赏金。带他到屋里安静的地方，送上美味的茶点，并以同情的语调试着与他寒暄一番。他低头沉默着，心中既兴奋又烦恼，差一点就演不下去，露出原来的真面目。他不希望被喜欢的人看到这样丑的面貌，但他又唯有保持这样的面貌才可能坐在这里。他这一刻终于体会到自己被自己所创造的东西囚禁的感觉，他发现自始这整个疯狂的主意就是错的，是个彻底的谎言。背着他站在窗前，小姐说她对把残障者的表演当娱乐这现象很痛心，无奈大众的喜好一向残忍，真委屈了他。又说，她在外地才发现，自己与不认识的人谈话反而比与认识的人谈更自在，她觉得自己在家中常得虚伪地假扮一个美好的形象，以便满足大家的期待。她自言自语着。

听到这样坦诚的告白，王男再也忍不住心里煎熬，便不顾后果就卸下自己的装扮，当场把大小姐吓得说不出话，不管他怎么着急道歉也没用，小姐红着眼眶就是给了一巴掌，并匆匆离开，留下他与一群随后进来处理的人。为了寿宴的气氛，人们只是把他从后门赶走，便没再追究这件事了。

这个打击一下子又把他整个人带回到被剧团开除的沮丧中，甚至更感到没有颜面再生活下去了。他觉得自己是个疯子，永远也得不到一个女人的爱，永远也无法成为一个成功的演员。于是就在当晚喝了很多酒之后，他一时冲动下，竟用利刃毁了自己的容貌，并引火自焚。幸好有人即时发现，赶紧灭火救了他一命。同时在另一方面，陈小姐后来反省了一晚，觉得自己也不该太迁怒于人家，做出自我中心的失礼反应。怀着一股内疚的情绪，隔天一早她便亲自去找王男，打算表示友好。可是一到才看见不敢相信的这一幕，他满身是伤躺在床上，悲伤哭泣着。站在门外望了片刻，她没说半句话便很难过地转身走了。

这时王男正好看见她从门外离去的背影，内心突然一阵激动，想要尖叫却没了嗓音。从此他的神智便失常了，变成一个真正的疯子。等到身体康复后，那位最早在市场带着两个疯子卖艺的主持人，过来将王男带走了，准备带他到各地去一同表演。在这个小戏班离开北城的那天，有几个孩子跟在后头，因为他们隐约听到王男在说笑，说的好像是装出来的语调。

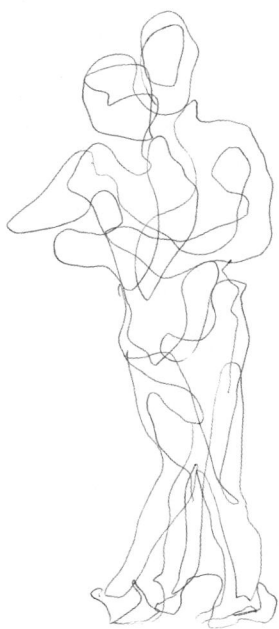

故事集

君子好逑

　　看来当年葛大仙卖的药果然有效，几年来，村里的孕妇都生男孩，少有女孩出生，乐得家家喜洋洋。"是男孩！"婆婆声调兴奋地向家人轻声喊叫，这句话要她平时喊还没这个韵味。但是正因为每家都如愿生了男孩，自然也就没的好炫耀了。于是邻居间开始边恭喜边怀疑，难不成大家都背地里吃了葛大仙的药吗？婆婆推论说："一定是，否则以那家人祖上欠债的德，起码得生上两三打女孩才抵得了过。"但经过一阵明嘲暗讽、指桑骂槐后，还是没人承认服过药，大家都辩称自己家是老老实实凭本事生的，是心诚则灵，并不时佐以风水五行之说，大概也就无从让人指指点点起了。

　　又过了些年，村子里还是鲜少见到女孩出生，这下大家才开始紧张了，担心不久后家里会讨不到媳妇，何况有些阔人家还想讨三个呢。最后经过村长及干事们私下逼问，终于有些妇女承认，的确是曾瞒着丈夫花光私房钱，向铺子买药吃过。原来葛大仙搬走前把药方高价卖给本地的药商，所以之后还是有妇女在药店暗中推荐下，服了那种吃了一定会生男孩的仙药。"他说吃了事成再付钱。我也是为了家族能传香火着想，哪晓得什么结构平衡。"妇人无辜地说。于是村长下令从此禁止村民们服药，不过命令在会议上马上被大家批评为自私。"为什么她们可以生男孩，我们就不准？要女孩你们自己怎么不先带头生个来看看？"没错，禁止只是反而使得交易变得地下化，且药卖得更贵，问题依旧存在。过没多久，整个村子已经仿佛成了男儿国，张来望去全是男孩子的踪影。

于是，每当村里仅有的那几个女孩子一成年，马上便有一群群人等着要追求，也不管人家还不想嫁人，就连年幼的女孩都有人老早在盘算。因此这追求女孩子的竞争情况往往激烈得藏不住，人人都好奇地议论着，使整个活动不得不公开化，规模也就变得越来越像节庆般热闹。以今年的招亲赛会来说，两个女孩要被二十五个男人争夺，残酷的结果势必激起他们的斗志，使得气氛不像是招亲，反倒像是杀敌救国。

这不平均的还不光是比例，还包括两个对象的长相：兰妹长得漂亮，菊妹则相反。为了避免场面不好看，大会还私下要男人们事先抽签分两边，规定他们必须宣称自愿追求哪位。可是分归分，菊妹那边的男人的表情，看起来就是一脸不甘愿。为了和气，大家把这景象解释为：喜欢菊妹的这类男人，正好比较严肃，而另一派则恰巧比较乐观。虽然明知并非如此，但心想大概信信就算真的了。唯独菊妹例外，她把任何对她的赞美都听成是谎言。

其中有些条件较好的男人不满被分到这一边，有意弃权退出，认为赢了也没意思，倒不如等明年更漂亮的小梅出场再来比。但也有人不想再忍耐到明年，认为明年输比不上今年赢，有就不错了还挑。想到这里他们叹了口气，心里不禁埋怨，难道自己这样一个堂堂男子汉，配不上随便一个女人吗？搞得今天竟然要为一个丑妞拼死拼活，真是笑话。至于幸运被分到小兰这派的人也高兴不了多久，其中黄家三兄弟还得在此刻一抛手足之情，反目敌对，交手分个高下。

中午不到，河边聚集了越来越多人，村长得请大家让让，活动才有地方进行。在岸边一处平地上，搭盖了一座小棚子，两女孩就坐在里头观战。她们虽然可以拒绝一名胜利者，但是为了避免得罪人，只好祈祷不喜欢的人早点淘汰出局。比赛项目包括拉船、泅水、武斗等使力的活之外，还要作诗、猜谜，绝不轻松。有人笑说："谁要真能通过这么多考验，大概进城当官都行了，还用得着……"其实竞争早在之前就暗中进行着，一旁的人们交头接耳。几天前一个有钱人家就曾以"祝福"为名义，摆设筵席请客，准备上好的酒菜招待，暗示要求这些对手们知难而退，或是手下留情。有的不识趣的人，还是被硬拉到一旁威胁教训了一顿，才明白了人家的意思。可是暗中的激烈竞争让参赛者不减反增，因为一些原本打算迟一点再结婚的男人，一见到大家抢得这么凶，也顾不得是否已先认识女方，心想再迟就没了，先抢到手再说，要认识以后再慢慢认识。至于胜算高的人，在赛前也一样不轻松，不但要忍受各方苦口婆心又不怀好意的劝退，还要不理会流言的侮蔑，使得最后每个出赛者都是满怀了心结和眼神上场的。

由于这类竞赛并无前例，所以在这个摸索的起步阶段中，每次举办都会有规矩上的变动，一变动就招来纠纷。"不公平，摔角应该摆在最后的项目，否则一开始就被打昏了的话，接下来还比不比呀。"一个厨师说。"那抽签总行吧。"人群中有人说。"那谁来做签，谁先抽签？"各种意见让久候的男人们更加不耐烦，最后往往得由村里最年长的前辈出面裁定才行，毕竟他们全体还算敬老尊贤，或者该说：没人敢反对。可是不料这位身负众人期望的老公公却说，他想要请示神明的意见，结果到头来还是没有办法拿定主意。就在这个时候，问题意外瞬间得到解决，因为参赛的男人们在争执中已经不顾一切打起来了。"谁怕谁，打就打！"不用投票抽签就通过，摔角无异议成为第一个项目。

这种进行方式令兰妹和菊妹感到有些罪恶，她们承担不起这种宠幸，见大家为她们又是打架又是受伤。因此面对最后的胜利者，不论自己喜不喜欢，一定会答应接受，一点考虑也不敢有，只希望这如果一切非发生不可，那就尽快结束。

几个不幸落败的人，丧气地离开人群的包围，失去颜面与前途的痛苦，早胜过了身体受的伤。于是，夜里贫穷的瘦皮便决定远走他乡，认为再怎么样也好过留在原地，他曾听游走卖药的葛大仙说过，在遥远的西方，有一个地方由于男人多半战争阵亡，使得当地的女人众多。走在漆黑的路上，他想象着世上真有这样一个地方，同时他仿佛体会到这是一个充满相对性的世界。

之后同样有人出走，但同时却把邻近一些动机不单纯的人给引了过来。一个从南方来的媒婆，带了一群还没结婚的年轻女孩到此，姿态甚高，狮子开口，想要做个生意。由于媒婆对本地的现象早有耳闻，自信胜算高，因此对于遭受到的种种不满的反应也就毫不在乎。"真是太侮辱人了，当我们是什么，居然敢仗势欺人。"一个村民说。但也有人说："话不能这么说，女人算什么'势'，又谈何'欺'呢？"争辩这种事让他们极感难堪，家丑外扬不打紧，还要被趁火打劫，处境是越比喻越不幸。"呸！招亲算'火'吗？缔结良缘算'打劫'吗？"人群依然争执不休，让一旁大老远来的女孩子们看笑话了。

"难不成你们饿昏了头，我们再怎么有需要也不可以抛弃做人原则。"

"少装清高了，是你自己抢不到才说什么羞耻心、判断力的。你难道不为我们大家的未来着想，南方的人有什么不好，瞧不起人吗？"双方关起门继续吵。

"对，这是为了将来而忍辱负重，等大家生了女儿，十几年后问题就解决了。情感和信任可以慢慢培养，难道刻苦不也是做人原则吗？"帮腔的人说。

"根本是找借口、诡辩，是非岂是你们几张嘴能搬弄的。太病态了。"

"哦，是吗？那招亲赛会很正常啰。"不过赞成的人并不仇视反对的人，因为有争辩与矛盾的前导，才能使后来的接受显得较为不得已，较可原谅，甚至有点值得同情。不过这同情有点像是买来的，几个比较丑的女孩没人要，她们就觉得嫁不到活该，原以为自己来此一定能嫁出去，却没想到现在的男人们眼见有许多外地的穷女孩自愿送上门来，便心想等下一批来再挑也不迟，并且妻子药照吃。

一对有生意眼光的夫妇看准未来的需要，首先突破旧观念，两人想要生一些女儿，等十几年后一定会变得很稀有、很抢手，那么一来还怕没有利益吗？而且表面上又挺冠冕的。果然，几年下来，两夫妇生下一男三女。其他村民看在眼中，是有点感到彷徨，随后亦有人起而仿效，也开始不准让妻子服用生男儿的药。这点让上一代不能谅解，认为怎么会明明有办法生男孩却不从。有的家庭连儿子们都逃跑了，更别谈有媳妇孙子的了。

黄昏，几户人家牵着新生的儿女来到昔日招亲比赛的河边散步，河水颤抖着橙色的残光，大家互相看看彼此的孩子，略为黝黑的肤色与较深的五官，显现出母亲们的南方脸孔。小女孩的可爱模样让大人们陷入了一阵沉思，如果当年没有那种药的话，大家会有些什么模样的姊妹，而此刻站在河边的孩子们，又会长得什么模样呢？此后村里的男女人数总算慢慢接近了，不过这倒不是平等观念使然，因为大家终于体会到，女人是不可以缺少的一种工具，生女儿是一种为了将来好交换的公德。不过有件事是改变了，那就是男人的眼光放低了，由于心里恐惧抢不到数量有限的女人，也就不挑剔了，使得不少丑女人难得有个归宿。

香　火

　　人人都知道一个家族的香火需要靠一个男孩来延续的道理，因此每当村里的媳妇要生孩子时，所有公婆便会把她们当成是家族存亡的决定者般寄予厚望并且殷勤照顾。"是个女孩。"婆婆难掩失望地说。幸好现在是观念开明的时代，没有人会因此责怪媳妇的。"不要紧，这由不得人的，平安就好。"婆婆神情勉强一转说。接着全家人围上来安慰产妇，看来一个钟头前私下的排练没有白费。

　　不料女娃生下来三天不到，这个傍晚，一个夯汉竟闯入家中，偷偷把婴儿抱走了。顿时杨家陷入一片慌乱，男人们出门四处寻找，媳妇在家中忧愁欲哭，婆婆则边安慰她边找找家中的钱财有没有失窃。这种意外在村里已经不是头一回了，邻居们纷纷议论此事，揣测声四起。

　　"该不会有外地的不法集团专门雇人入侵下手吧？"教书的小声说。

　　"专抱女婴要做什么，要抱也得男婴才值钱啊。"卖菜的理直气壮说。

"不，我看没那么单纯，搞不好背后有阴谋，否则哪有那么巧，刚好家里没人在。我看他们四处寻找的模样就很可疑，简直装模作样，心里可高兴着呢。"唱戏的人的这番说法有点让人听不懂，大家越嗤之以鼻，他越是讲得仿佛真有那回事。"我能了解，其实你们是想要显得单纯善良才会反对我的说法，对吧。"

不管闲话如何流传，杨家坚定保持冷静，继续委托亲友合作打探女婴的下落。烧香整晚向神明请求保佑，媳妇与婆婆专注的模样让一旁的老爷爷也跟着沉思着，冷静想想外头人家言谈中所暗示的不合理处，姑且不说看热闹的动机，种种的猜疑似乎其来有自。回想事发那天，老伴临时说趁这吉日天凉，要他也一块去庙里为孙女祈福。家中就剩亲子三人，然后儿子在院子唤妻子过来帮忙搬东西，妻子见娃娃睡得熟，便离开屋子，没想到才一会工夫，事情就发生了。这的确不寻常，后门又恰好没关，太凑巧了，难道他们有事隐瞒，他越想越奇怪。

看大家胃口不好，儿子在饭桌上安慰大家说："事情有就有了，就让事情过去吧，不要把自己也给赔上了。多吃点吧。"这话让女人家不禁又擦起泪来了。

"养三天丢了，总比养三年才丢好受些。"老爷爷这句本意是想安慰的话，反倒让她们反应更加激烈，而且听起来好像有几番试探的味道，那种反应好像就有否认他的假设的味道，当然他并不认定事情背后一定有阴谋，他宁可相信不会有人抛弃骨肉的，也只有这样相信才可能心里安稳些。一旦"相信"能够让他安稳，他就开始对许多"希望"相信了起来，好像事实可以被无法解释的念力左右似的。回想印象中孙女模糊的小脸蛋，他有一点觉得那团肉自始就是不存在的，或者存在得并不完全，好比小孩子用湿沙塑个楼房，只是约略有个样，本来就不耐久，更别谈实际上成不成楼房。喝了口喝了几十年来不变的茶，他想，也许老天就是要一些孩子天生受磨难，要铸铁成钢，祸福非一时可断，也许被抱走好过留下来，自己儿时不知多少次经历险恶，现在还不是照旧完好端坐。何况家里头穷，说不定是有钱人见女娃长得好，便领去养了，这么说来倒该庆幸才对。

晚上，住在破宿舍的雇工聚在一块喝酒闲聊，言语多半浮夸悖谬，旨在作乐。经过一阵混乱的打赌抗辩后，有人不禁供出秘密来较劲，说自己收了杨家的一笔钱，负责连夜独自将女娃抱到北边山谷丢弃，还说担心哭声会事迹败露，所以一路上还把嘴捂得紧紧的。"我要是说谎就随便你。你不知道，小孩嘴小，用一根指头就能把嘴捂上了。"一旁的人说："要是你这张大嘴，七七四十九根指头也不够用。"一片大笑。"那倒未必，像你那种肥指头，两根绰绰有余。"又是一阵笑。"不过我也听说了，说山谷有一处悬崖缝底下，真的满是婴儿的白骨，一阵风刮过，就满是尸臭和鬼魂的凄厉哭号声。"顿时气氛惊悚。

"哪来个帮腔的？好，那你收的钱在哪，不怕杀人偿命吗？"有人问。"钱寄回老家了，命是出钱的人偿的，我不过是把刀。"他说。"说得跟荆轲一样，我看钱分明是拿去收买了这个帮腔的，是吧？"笑声再起。一夜宿醉过后，说过的话，他们无人挂意。不过谣言倒是无意间给了一些外人灵感。后来竟然真的有人来找他们商量，想请他们暗中下手，把家里的女婴也给送掉。但是由于众多的人睁眼看着，担心其中有诈，便不敢妄为照办。

怀着乐观的态度，随着遗忘的指引，隔年此时，杨家媳妇再次顺利生产，这个女孩取名为"返"，指失而复得的意思。这次他们不敢大意，甚至有点过于热忱关注，每天都犹如在戒慎中，好像这个女娃真是去年被窃后返回的，一心想补偿她，以致当好不容易满月时，家里充满了喜庆的气氛。也许是上回的教训，现在才懂得退而求其次地知足，老爷爷安慰儿子说："不是男孩也无妨，这种事只能听天由命，不是谁能决定，或谁要负责的，宽心点，别再忮求不满了，等过几年你么弟结婚，一定会生男孩的，所谓'苦尽甘来'不是吗。"

晚上，邻近的人家全到市场看热闹了，杨家也不例外，儿孙三人骑着脚踏车，逆迎着凉爽的风去。包在围巾里的小返，敏感地接受这段时光的新奇处，吵杂的说话声、明亮的彩灯、煤烟的气味，还有不断传递的各种震动与轻搔。儿子留在叫卖药丹的摊位，媳妇在另一头的区域逛逛。她随时都在替女儿着想，试着从脸上看出她觉得如何，想要保护孩子的这心意，顿时让她对周遭一切有几分提防。听完卖唱片的播完一首流行歌曲，天空微微飘来了雨气，媳妇一觉察，马上遮着孩子的头，跑去找丈夫，雨势一路与脚步同样急了起来。

隔天小返的身体就开始不适，病征逐显，使得全家人惴惴不安，婆婆正午要老伴陪同到寺庙里点烛火祈福，儿子则是打算抱着小返去找医生看病。看着这一幕，老人家相信发现得早，情况应该不要紧，吃药打针就会没事的。在寺庙的附近，他们意外看见一户姓熊的人家房屋失火，围观的人退到刚好安全却又是最近的地方，受灾的人家呛着气逃出来，救火的人将他们救出，却见到熊家夫妻还一心想冲进屋里，并且放声大喊："我的双胞女儿还在里头呢！让我进去救人，她们还是娃儿呢。我的双胞女儿……"看见别人的不幸处境，使得他们不禁也担虑起自己的家人，赶紧回到家中。看见媳妇手上拿着一包药坐在熟睡的孙女床边，他们放心了，老爷爷甚至想出了个逻辑，也许就是刚刚熊家失去了两女儿，往阴间的冥船正好载满了，因此我们家的孩子才可以逃过一劫，认为这便是牺牲与拯救的道理，是平等互惠的。

到了夜里，小返开始哭闹，一摸额头是烫的，媳妇拿了一份解热退烧的药，抱着孩子到厕所里擦身子，同时关上门，避免吵醒其他人。老爷爷对哭闹声很心疼，他想起外头传说北边的山谷里，弃满了女婴，一阵风刮来便会听见哭号声。耳边这哭声仿佛就是被鬼魂借用了，熊家的双胞女儿，声音悲凄而愤怒，像是有着无尽的冤屈要控诉，那是一种超越语言的终极表达，闻者莫不愧悔胆丧。

哭声在深夜终于被死亡制止，杨家在这天的开始就要面对这件丧事，婆婆说，一定是名字的"返"字把厄运也给一道遣回来了。老爷爷灰心地想，也许婴孩的命本来就比较脆弱，尤其是女孩，夭折的事也是常有的，不是吗。这样想是为了消除之前脑中的种种疑虑，否则他会怀疑媳妇是否根本没把药给孩子服下，或者是老伴指使儿子让女婴在路上淋雨，还装作担心。他认为这只是自己想要怪罪别人的借口，所以最终还是要"自省"一番，思索出较合乎一般常理的结论。当这天他看着杠夫搬走棺材，心情总算释然，觉得女孩就算在家也是沉默隐躲，有同于无。低头看着右脚这只开了底会绊步的旧鞋，说：舍了舍了，留之忧之。于是在这个晴朗的下午，他独自上街去买鞋，并且理了胡发，掏了耳。

到了第三年怀孕，儿子听说现在都市里有新技术，可以预先知道胎儿的性别与健康状况，所以找了几天出远门去。等到回来后，不料两人叹惋说，肚子里的女婴是个畸胎，所以已经即时用新技术拿掉了。但是好消息是他们从医生口中买到一个绝对能怀男孩的秘方，果然，第四年他们终于生下了个男孩，家人心满意足，几年来的忧愁一扫而空，流露出真心的笑容。心想，杨家的香火这下好不容易得以延续了，不论付出任何代价，此刻都已值得了。他们围在床边讨论男婴的面相，觉得再

好的字都不配当作这么一个完美男孩的名字，他们相信这男孩
必定能顺利成长，尤其上头已经有三个成了鬼的姊姊在顶替他
受厄运，这番庇佑更是何其稳妥。晚饭后，爷爷走到屋外，面
向着月光下远远的山谷，闭目迎着凉爽的微风，顿时觉得整个
天地是无比祥和而沉静的，没有丝毫的哀怨，而且仿佛自古以
来就是如此，将来也必定还是如此。

国王的新朋友

从前有一个国王，自从上次光着身子出巡，结果却被全国百姓嘲笑愚笨之后，心情就变得十分沮丧，整天躲在官殿里，不准有人接近，仆人也只能将食物按时送到门口后，就赶紧轻声离开，深怕被国王瞧见。

"真是太丢脸了，羞耻至极，我永远也无法在人们面前抬起头来，我是个笑话，就算千百年后，人们还是会嘲笑我的，我再也不要见到人了。"国王说。为此所有的大官大臣都十分苦恼，大家费尽口舌，奉劝国王想开一点。

"您出来见见我们好吗？人人难免都会出糗，事情过那么久了，我们早就忘记您出糗的事了，再躲下去也不是办法，我们需要国王的领导。"

"走开，就算你们不会笑我，外面的百姓也还是会笑我的。"听到国王说完，大臣们赶紧跑到外面街上，招集了一大群的百姓进入官殿，请他们亲口告诉国王，说百姓们也忘记上次出糗的事了，请国王出来见人吧，可是他却回答：

　　"走开，你们只是表面上不笑我，其实心里还是想笑我对吧？我怎么看得见你们心里真正的想法呢。"百姓们一听这样的怀疑，便忍不住当场哈哈大笑，结果反而让国王更下定决心不出来见人。就这样日子一天天过去，国王越来越寂寞，对任何人都不相信，连身子病了也不准医生进去。国王说："谁进入我的宫殿，谁被我看见就得砍头！"于是大臣们也无能为力，在一阵商讨后决定贴公告悬赏，如果有百姓能让国王不再沮丧孤独，愿意和人接触，那将可以获得一大笔金钱。

　　公告张贴后不久，就有许多百姓自告奋勇，不过大部分人仍担心如果劝说失败，会被国王下令砍头的，俗话说"恼羞成怒"，所以也就不敢贸然接受挑战。这一群前来的勇士，个个都把握十足地背着自己事先拟好的稿子，但人人的方法却各异。一位裁缝师说："国王陛下，您上回并没有闹笑话，事实上您创造了新的穿着风潮，现在百姓们也都纷纷效法，全身上下就只穿一件短裤，光着上身在街上走，大家都认为这样很好看。"国王没反应。另外一位博学的医生则是说：

　　"国王陛下，我认为从健康的观点来看，光着身子让皮肤接触阳光与空气是相当自然的，并且对心理来说也是一种解放，您带头让大家明白了这点。"国王一听到"光着身子"几个字就忍不住大哭了，根本没注意到整段话的内容。接着许多人的尝试不管如何拐骗利诱也都失败了，这些努力反而让国王更感到没颜面，大臣们也更失去了耐性，忍不住敲门大叫："国王您再躲下去才会更丢脸的！"就在大家束手无策时，有两个人慢慢走了过来，语气沉稳地说："让开，让我们来。"

这两个外地人着道士打扮，一左一右，中间留出一个人宽的空间。其中一个敲门说："国王陛下，我们是向高山神仙学习仙术的道士，我们的师父耳闻国王的遭遇，深感同情，今天特地来向国王表示关心，师父现在就站在我们两徒弟中间，也就是在您门口。"一旁的人们一听大为惊骇，人人都目瞪口呆地端详着，可是却什么都没看见。道士接着说："由于师父道行高深，已经化身为无形，他的言语非凡耳所能闻，形影亦非凡眼所能见，师父甚至能穿墙飞天，自由自在。他说他知道国王寂寞愁苦，决定进入您屋内，与您做伴，当您的朋友。"

"胡说八道！这两人分明是骗子。"一个大臣说。由于上次的经验，大家都学到了教训。"来人啊，把这两个骗子赶出去！"现场一片混乱。

"等等，请给我师父一个月的时间来劝国王，我们愿意被关在地牢中一个月，到时候如果国王没出来，我们愿意被砍头；如果国王出来了，那你们不但要放我们走，还要把赏金给我们才行。"大家听了觉得可笑至极，他们居然把自己的性命交到一个根本不存在的、他们自己编造的人手中。

"好，你们就等着为自己的玩笑负责吧，到时候别可怪我没给你们机会。"于是，所有人一同离开了这道紧闭的大门前，整场喧闹的劝说大赛，便在骗徒的被捕入狱，以及国王的怒斥下草率收场了。"你们统统离开，别再来打扰我，难道我受的苦还不够，竟然还在我的伤上加伤，你们最好从此遗忘我这个可笑的老头吧，仁慈地让我在这孤独的黑暗中悄悄死去吧，我已无处容身，耻辱将呼吸变成施刑，痛苦使我厌恶生命。离开我吧子民们，离开我的坟墓吧。"国王说。

这下子人们莫不认为国王已经发疯了，再劝也没有用的，就让他关在宫殿里吧，大家不能再指望由一个发疯的老头来治理这个国家。于是除了送食物的仆人外，再也没有人来与国王说话了，真正的孤独才要开始。这天他只喝了几口汤就没再用餐了，躺在这张宽大舒适的床上，一直没睡着。这时候，突然桌上的汤匙被小老鼠碰掉到了地上，咚的一声把国王吓了一跳，心想汤匙怎么会自己掉到地上。接着他脑子里忽然想起前几天门外那两个道士说的话，说他们的师父会隐形穿墙，还说要进来和他做朋友。他越想是越不对劲，心里不禁怕了起来，好像有鬼进了屋子。要不是怕被当成疯子，他早就跑出去外头。

躲到角落镇定下来，他鼓起勇气对着面前无人的空间说话。"是谁在那里？"没有反应。"别以为隐身我就看不见，我早就看到你了，我之前只是假装没看见。"还是没反应。"你的徒弟已经被我关进地牢了，你就是他们口中那个高山神仙对吧？不答的话就表示是喽？"国王站起来走过去，并仔细环顾四周，既没影子也没声音，心想：没想到这位神仙果然道行高深，隐身的功夫真到家，完全察觉不到他的存在。"你不现身说话是吧，好，那我就像以前一样不理你了，要留要去请便。"他躺在床上整晚没阖眼，眼中有时仿佛有幻影闪过，或者一点细小的风吹草动，都搞得他心神不宁。

正当他神智昏沉时，他听见一个微弱的声音在说话，也不知道是从哪发出来的。声音说："我就在你身边。"国王吓得说不出话。"我就是高山神仙，自在无形，无孔不入，世间任何人都瞒骗不了我，我可以进入你的脑子里，看透你在想什么。"国王懦弱地哭泣着，并且诉说起肺腑之言，说自己这些日子以来受到的委屈与挫折，毫无保留，连从前犯的罪过也一并供出。那个声音在与他的对话过程中，渐渐变得亲切热络，常常预先就料到彼此要说什么，还直呼巧合，但是守在门外的仆人却只听到国王一个人的自言自语。"老仙，你真是了解我……哪里哪里，过奖了……什么？好啊，没问题。"听得仆人满心疑惑，猜想一定又是国王在发疯了，也就没去理会。不过就在距离两位道士的约定到期前几天，不可思议的事终于发生了。这天早上天气晴朗，国王房间的大门忽然打开，他虚弱但神情愉快地走出房间，来到阳光照耀的庭院，把所有人都吓了一跳。

闻讯赶来的大臣们也都不敢相信自己的眼睛，大家围在四周，不敢一下太靠近，眼看着国王独自在花园中，口中念念有词。接着他走向大家打招呼，看起来完全变了个人，友善取代了高傲，喜悦驱走了怯懦。于是大家纷纷围过来问安行礼，气氛一片欣然和乐，好像在迎接一个历劫归来的英雄。站上高台，国王说："感谢各位的拥护，对于过去我所惹的风波，在此我向各位致歉。同时，顺便向大家介绍一位这些日子以来，不断帮助我面对现实的新朋友，他就是现在站在各位面前，我身旁的这位老神仙。"说完得意地往一旁空空的位置一比，所有人一阵愕然，别说老神仙，连个人影也没见到。看大家表情困惑，国王有些着急地说："他就在这里啊，没看见吗？他向大家问好，没听见吗？"一位大臣为了化解尴尬，深怕再次激怒国王，于是连忙即时先带头应付回礼："老神仙您好。"其他人一听也只好跟着往空空的位置随便行个礼，这样才让国王安了心。

回到宫殿中，所有人还在议论着国王的新朋友。"我什么都没看见呀，该不会他还是在发疯，根本没康复吧？"另一个大臣说："可能是真的有人，只是他有隐身术，所以我们的凡眼看不见。"仆人则说："不可能，我看一定是国王想找台阶下，才会故意编造这个谎话，甚至可能为了要考验大家是否奉承他。"最后连士兵都加入讨论说："何必管他是真是假，这有什么差别，就把它当成是国王的一个小习惯，又没碍着谁。"正当众说纷纭时，那两位被关在牢里的道士被带到了众人面前。

"我不是早说过了，我们的师父一定会达成各位的愿望。我们的赏金在哪？"

"先别得意得太早，还不说实话，是不是你们对国王施了什么法术？"

"如果真心诚意算是法术，那我们的确是有，难道你们违反公告约定，让完成挑战的人受牢狱之灾，这就不是施法术吗？
除非你们是有意要欺负我们。"大家虽然非常怀疑这两人，但是
照道理又不能不放他们走，于是只好眼睁睁看他们把一大笔赏
金正大光明地搬走了。身旁大家的默许使得国王更加得意于拥
有那位新朋友，许多原本想说出真相的人也因此更加不敢破坏
国王的美梦了。可是当大家才刚达成隐瞒附和的共识，没想到
国王却得寸进尺：他决定举办大型的宴会欢迎老神仙，还要带
人家去巡视他的领土。

　　这使得原先妥协的反对者再也不能忍受了。"够了，如此荒
唐，我们才不要为了顺从一个疯子，来说出违反常识与良知的
话，一定要拆穿这档子谎话才行。"这激烈的反应逼得默许的一
方不得不跳出来为自己澄清："我们是为了全国的利益才忍耐不
说的，别以为我们没长眼睛，发疯的老人需要的是同情。"于是
宫廷里所有人分成了两派，为着要不要招待那位看不见的贵宾
争执不休。

　　招待的准备工作在争执与阻挠中进行，乐师排练新作的迎
宾曲，厨师为了新的食谱跑遍市场，宫里上上下下每个人都没
闲着，连士兵都要忙着逮捕惹事的反对派人士。最困扰的还算
是画像师，他根本没看见什么来宾，更别谈长相，天晓得怎么
画才对。他拿着彩笔坐在国王面前，手不停发抖却又不敢说实
话，于是只好装模作样，最后交了一张白纸过去，心想这下小
命不保了。没想到国王看了很满意，马上拿给一旁的隐形朋

友看。

"你看看，画得很像吧，我的朋友，尤其是这个眼睛。真不愧是出自全国最棒的画师之手，你说是吧，有赏！哈哈。"画师捏了把冷汗，领赏时感谢得十分激动。真是疯子出的题只有疯子能答得上。

更麻烦的是，全国百姓会如何看待这件事。反对派所散布的谣言早在百姓口中流传开来。"听说老国王发疯了，居然幻想出有一位隐形的朋友在身边陪伴，还要举办大型的宴会招待，真是笑话。"一位农夫说。大臣对这些疑虑十分着急，深怕国王的威望会在百姓的嘲笑中失去，于是想办法用钱收买一些民间有地位的术士，与他们沟通，合力去引导百姓的想法。一位巫师先是私下说："这群平时只知道躲在宫殿里的人，一定是有事要拜托，应该欺负他们一下才行。"后来却说："我们一定全力配合，因为我们爱戴国王，绝对会假装说有看见的。"最后则说："各位，国王并没有发疯，他的朋友是一个道行高深的老神仙，因为他会隐身术，所以我们看不见。国王是因为天资聪慧、法眼独具才能看见，请大家一定要好好欢迎这位我们看不见的朋友。"结果百姓一想，有的就相信了，有的虽然不相信，但是为了避免给全国制造麻烦，心想附和一番又没损失，于是也就答应了。这下子总算把问题解决了，全国上下齐心准备好要欢迎国王的这位好朋友到来。

这天，宫殿里外聚集了许多人，处处洋溢着类似节日的热闹气氛，大家等着争睹传闻中国王的神奇朋友，看看究竟隐形人长什么样、会做什么。穿着盛装，国王这天精神很好，对大家恭敬顺从的模样十分满意，自然对招待朋友这回事也就更有信心、更认真了。一位仆人在帮国王穿衣服时，担心被指责礼貌不周，于是向一旁空空无物的地方行礼问安，国王一见马上指责说："干什么，人家都还没来，你怎么就行礼了，到底长不长眼睛呀你？"可见国王绝非认为自己在幻想，也不随便接受人家的奉承敷衍。

在这个看似愉快的气氛底下，其实有一件阴谋正悄悄进行。原来之前有些反对派的人，是表面假装屈服，打算等到这天再来公开羞辱国王。他们有的就混在宴会的表演节目中，有的则躲在街上围观的人群中，一副刺客的模样，既紧张又镇定，自知在揭穿谎言后难逃处刑，但他们相信，只有用生命拥护的真理才是真理。

搭上游行车队，国王得意地向一旁的朋友介绍说："你眼中所见的这全是我的疆土与人民，我的朋友，我愿与你共享这一切伟大的成果。"他遥望着山峦绿树，凝视出了神，"自从认识你以后，不知道为什么，我的人生好像头一次如此快乐，我发现原来我拥有这么多东西。以前我总是不相信任何人，没有人是我的朋友，我的内心空虚寂寞，结果开始沉迷于衣着打扮，穿尽天下最华丽的衣裳，甚至愚蠢地闹出笑话。于是我在耻辱中发现，外表的美好依然无法消除我内心的空虚寂寞，我其实真正需要的是一个了解我的朋友，我多么渴望有个朋友做伴，我愿意为朋友付出一切。"他向人民挥手，激动得落泪，"直到你出现，我才终于不再是自己一个人，我的朋友，你了解吗？"

车队到了聚集了许多人的广场上停下来，国王走下车，亲自问候民众，在场顿时响起一阵欢呼。平静下来后，他开始说："在这里向大家介绍一位我最好的朋友，就是这位。"两手往身旁的空间一比一搭。大家一阵愕然，以为这是个玩笑，因为他们睁大了眼看，就是什么都没看见，心想，这隐身术还真不得了，简直就像完全没有一样。可是就在这时候，一个人突然在人群中大声说："国王身旁根本没有人！如果有就叫他说句话来听听。"国王紧张地犹疑了一会说："他……他说很高兴见到这么多人来欢迎他。"接着又有人抗议说："骗人！我们没听见，更没看见，这全是你自己的幻想而已。"

"我才没幻想，是你们自己看不见，他就在你们面前，你们不得无礼。"

"原来我们的国王是个疯子，是个可笑的疯子，自欺欺人，活在幻想里，其实你根本没有朋友。"于是大家开始忍不住嘲笑国王。置身在一片嘲笑声中，他再也受不了这种打击，懦弱地当众大哭了起来。幸好一旁的侍卫赶紧将国王送上车，慌忙地离开这里。回到宫殿，整个筵席都因而中止，看到国王羞怒至极，所有人一阵慌乱，要安慰也不知从何安慰起。他整个人仿佛失去魂魄般，对周围的事物完全没有反应，就只顾坐在椅子上自言自语，甚至和隐形人吵起架来。

　　"你为什么不向他们说话？害我被大家看成是疯子，原来你和他们一样想看我出糗对吧？我恨你这个骗子，竟然假装是我的朋友。"这一骂就是到晚上，骂完还没了事，居然当着大臣的面与隐形人大打出手，就看国王一个人对着空无一物的空气拳打脚踢，没一会还换他挨打，他抱着头倒在地上打滚叫疼，看得一旁的人哭笑不得。好不容易等到精疲力竭时，他又开始对空气挽留道歉："你要去哪？别走，对不起，是我不对，不要抛下我一个人不顾，我需要你，我的朋友！"之后国王就再也看不见那位看不见的朋友了。但麻烦还没结束。有一天，国王决定要去寻找那位朋友，不论天涯海角。（待续）

国王的新天地

"什么！你要去寻找你的朋友？"大臣们惊讶地问国王。

"没错，我这几天以来发现到，我不能没有他的陪伴，他陪我度过最苦闷的日子，我们无所不谈，我不能没有那位比谁都更了解我的朋友。"他认真说。

"听着，你这个愚蠢的老头。"一位侍卫说，"你的朋友只是你幻想出来的，实际上根本不存在，懂吗？我们大家为了保住你的面子，受尽羞辱，说尽谎话，为的就是要你尽早发现自己的错误，清醒一下。"没有人阻止他说，另一位侍卫还接着说："我知道了，你只是伪装愚蠢，因为你要找台阶下，所以不得不继续下去，对吧？那你就去吧，我不会跟着走的。"气氛激动，国王沉默了片刻。

"幻想、实际、谎言、伪装，你们说的那是什么？"目光凝望一处，"我一诞生下来就是一个尊贵的国王，我不费吹灰之力就拥有放眼所见的先王创造的一切财富，我长久以来住在人们的谄媚中，隐瞒是我的衣着与照镜，恭维是我身旁不缺席的朋友，愚昧在我的身上成了可以赞扬的闪亮装饰，我将虚荣像权杖般自傲地握在手中，而疯狂则成了我顶上的耀眼皇冠。"两手抓着白发说，"噢，如果这整个王国与所有的子民都是我的，那你们就不曾有过国王；如果我是你们的国王，那国王又是个何等卑下的身份。现在，我要放弃王位，离开你们的眼见与言谈，去寻找我那位离去的知音，我要去他所去之处，住他所住之处，我要见识外面的世界，我要历经千山万水。再见了各位，再见了我的从前，让这出可笑的闹剧就此收场吧。"说完便换上平民的衣服离开。"不必阻挡，让他走。"一个老臣子对侍卫说。"你不能让他走，他是我们的国王！"其他人说。老臣子走到大家中间，语气慎重地说着：

"如果他把真实当成了幻觉，那我们就给个幻觉让他当成是真实。"在大家的一脸迷惑中，他继续说，"我有个好办法能解救国王，这个办法需要你们每一个人的协助。既然他要寻找那位朋友，那我们就找个人扮演朋友，他要什么就给他什么。我们来创造一个小天地，让他在我们的掌握下流浪而不自知。"

"这真是太荒唐的办法了，我不了解。"其他人也这么应声。"这样难道他不会看穿我们的计谋？要是被他知道我们联手欺骗他，后果实在不敢想象。"

"这跟平时国王狩猎没有两样，我们还不是故意把预先捕获的走兽在他前头偷偷释放，好让他在狩猎中得到乐趣与满足。正如他所说，他一向不都是活在我们拟造安排的节目中吗？既然我们不放心又阻止不了他出走，那何不当这出走是场平常的狩猎呢？他的见识仍不至于多到能够看穿我们精心设计的剧本。"

"我不敢相信我们要保护一个需要这样被保护的人，而且到这个程度。"

"我不在意你们对国王的藐视与气愤，我只知道现在他需要我们的保护，不管要用什么方式保护。我不期待他是否能清醒，只希望他能……觉得满足。""满足"二字被他说得有些难懂，大家一片低声交谈，有人认为太离谱，有人则决定听从指挥，顿时使得宫殿陷入混乱。当下大臣就吩咐两位士兵化妆成平民，尾随国王前去监视，随时要向宫里回报情况。

带着马匹、一些食物与一把护身的宝剑，独自披着斗篷离开。走到城门附近，国王遇见了一个乞讨的艺人，脸上还留着没卸干净的妆。这人一走近认出是国王，十分惊讶，赶紧行礼致敬。原来他是前天从宫殿被驱逐出来的一名小丑，因为他表演的丑戏很无趣，不能获准到国王面前献艺。经过一番简单的谈话，两人很同情彼此的遭遇，又同样要一路远去，于是决定结伴同行。

出走的这天，阳光晴亮，小丑走在前头领路，不时回头给他一个轻松的表情。他在这时也才发现，自己不能一刻没有仆人，他既不善独自行路，更别说准备食物，就像是个什么都不会的小孩子。在往山上修道院的这趟路上，小丑并不敢与他说太多话，因为不论事实如何如他所说，总还认为他依旧是个尊贵的国王，有权使唤任何人。然而这对小丑来说并非卑屈，反倒还有几分自豪。可不是吗，想想有谁能这么贴近地服侍国王过，而且就自己这么一个人在服侍，仿佛天下人皆不可信，唯独小丑他可信，还有比这个神气的事吗？所以他无法乖乖认为人家已经不是国王了，否则还有的神气吗？

他从前拜师学艺，为的就是有一天能够取悦国王，好让家里的人们能对他刮目相看，没想到现在竟然真有机会了，因此他还不断称呼人家"陛下、陛下"，认为这实为微服出巡。国王没有纠正他，是因为听了一辈子人人叫他"陛下"，已经习惯了，也就不觉得这有何尊卑的含义。再说，现在心情彷徨，路途劳顿，也就顾不得谁称呼他什么了。

"陛下，可不可以说说您的朋友住哪，是做什么的？"他打破沉默说。

"我不大清楚。"犹疑了一会，"他很少谈到自己，只知道他在山上的寺院里独身修道多年，敬拜上主，无私无我，形貌隐微，随遇而安。"国王回答。

"那我也真想见见，看老神仙是否愿意收我为徒，我已不再期待求得世上的财富与欢乐，我也要做到您刚说的境界。"小丑陷入一阵想象，一时没看路，差点被草丛绊着了。国王在马背上摆晃，有点不知道要和这个人说什么，他很少与人交谈，有的只是别人听他诉苦或抱怨，他从来没有了解过别人是怎么生活的，没有听过别人的想法。这些实际上的体会不在他原先预料之中，让他有些怀疑自己到底能否继续走下去，但是又不可能回去宫殿。

小丑看他面容愁烦，既猜不到又不敢问，也就只好自个儿没趣地随口哼个小曲解闷。路上他们歇息多次，几个运送货物的人遇见他们，会以疑惑的眼神打个招呼，多关心两句。小丑则紧张地一手握住腰际上的宝剑说："没事，谢谢，我们要到山上的寺院去。"他致力保护国王的安全，并避免国王的身份被知道。路人则觉得这人大概是个疯子，也就尽快通过，没去理会。

在此同时，官殿那一边正急忙地讨论应该如何瞒骗国王。根据监视的士兵通报，情况有点受到干扰。"又是那个成事不足败事有余的笨小丑。才刚赶走他，却又正好给他搭上了，要命。我看非得先把这个麻烦的绊脚石支开才是，看来计划的步骤又要变了。"主谋愁烦地说。

"不，照常，我们只要派几个士兵假装土匪，抓走小丑，之后再让一个内应接手替代领路不就成了，或者干脆把国王劫走不就成了。"参谋说。

接近傍晚时，一片白茫茫的雾困住了两人。连方向都抓不到，想要走到之前望见的一座古堡，可是却走偏了，老半天还没到，便晓得错过了。夜晚来临，森林里处处回荡着间歇的声音，他们瑟缩在一块岩石旁。国王有点被自己的决心吓了一跳，想不到会愿意放弃舒适的官殿，来这种地方睡觉，要不是他真的很累，绝对不可能在这么不舒服的地方睡得着的。但是他没有想到，这个睡眠会这么短暂。突然间，一阵混乱让他惊醒过来，几个蒙面的人，拿着刀将两人围住，伸手就是一阵猛搜，除了金钱，连食物也不放过。小丑在慌张害怕的同时，有一种想要反抗的冲动，认为这是他的责任所在，不想让国王对他失望。当他在犹豫时，一个人正要取走宝剑，这个动作激怒了他，他突然猛力挣扎开来，抽出长剑就是一阵激动地乱砍，吓得他们闪躲几步。眼见情况紧急，他们便不顾一切一齐冲上去制止小丑，慌张中还差点踩到国王。"小心！过去点。"假土匪说。

"噢，我认得你……竟敢……"捂住小丑的嘴，马上强迫掳走，看得躲在一旁的指挥官无比焦急。留在原地的国王无力抵抗，只能忧愁地任人摆布。独自望着四周一片黑暗，他陷入一阵心神缥缈，好像自己凭空消失了。这段时间，指挥官收到了宫殿送来的剧本，上头写了如何应付各种不同的情况，以及一些要注意的细节，例如饮食或脾气之类的事。写剧本的人都是平时最亲近国王的人，大家集思广益，真言尽吐，为的就是希望尽早能将他引回宫殿。在准备食物时，一位医生过来告诉指挥官，说国王看起来很虚弱，不能只吃面包了，必须吃得营养些才行，但是问题是要怎么送过去才不会露出马脚，总不能直接派个人无故端一碗热鸡汤过去吧。结果想到干脆找人冒充附近居民，过去好意邀请国王到家中休息。可是附近正巧没有居民和房子，要怎么接待？指挥官这时赶紧下令叫工程组的人来盖房子，一群人随即在附近合力搭盖一间简单的小草房，并吩咐厨师准备营养的美食，同时几个演员也已经打扮好了，正按照指示过去与国王谈话。

对于这番绝处逢生的邀请，他没有疑心，但缓了片刻才欣然答应。他需要帮助却不希望依靠帮助，认为那有失流浪的原则，更没想到原来有人会那么友善。

"要不是遭到强盗掠夺，情况困窘狼狈，实在不敢接受这样丰盛的招待。"

"不用客气，不过举手之劳。"这户人家在用餐过程中，一直主导话题，一下劝国王多吃点，顺便让一旁的医生诊诊病；一下又劝他别再远行，最好尽早返回城里，别让关心他安危的人担忧。但是国王不太配合引导，反而还提出问题，逼得他们不得不临时编谎应对，使得气氛有些不自然。不过在国王听来，顶多是谦虚和客气的局促使然，一点也不曾怀疑过其中有诈。

不顾一片拦阻，国王歇了一会后，还是决定继续前往山上的寺院去。他相信路上还会有很多这样友善的人民援助他，他不会因为遇到一次强盗就因噎废食，认为世上依旧充满温情。他们听完也只能一脸苦笑，不敢再辩。原本他们大可以好人做到底，让一人随行伺候国王，但是顾虑意图太过明显，加上指挥官另有计划要调整，所以终究只能挥手道别，并奉上一些盘缠与讽刺的祝福，不是吗？想想设计人家旅途遭遇的人，竟然还祝福人家一路顺风。

"好，既然软硬兼施下还不肯罢休，那就别怪我们心狠手辣了。看我怎么挫他的信念、断他的意志，就算要用巫术炼制一场暴风雨降下也不放过。"

"慢着，难道你看不出来他对自己已经黪然不顾，再多的灾祸亦无益于令他归返。依我看，不如早去早回，干脆用车载送，让他旅途愉快。"这两派主张让指挥官相当矛盾，总不能两样皆取，而且时机上更是刻不容缓。不料偏偏现在，国王就又遇上了麻烦，他在接近寺院的山路上，被一帮山贼给跟上了，这些人可是货真价实的土匪，没的商量。这个临时的状况把在一旁监视的属下吓得慌张，在来不及回报指挥官的情况下，他们决定自作主张，先化解麻烦要紧。以他们的武力来说，要歼灭这一帮鼠辈简直易如反掌，但是一插手，便可能会被国王识破大局，故莽撞不得。于是想说那干脆破财消灾，既然人家来意甚明，那不如就用几个钱打发打发算了。顿时一场杀戮变成一场交易，属下们动用原本计划中需要的钱财，甚至向一户人家搜刮钱财凑数，打算等禀报上级后再来还债。他们带着钱赶紧过去示意，要求别打老人的主意，果然，土匪们见了钱也就恭敬从命。

事后才知情的指挥官对属下的随机应变十分称许，但是同时也开始对整个荒唐的计划感到失去了耐性，大家这阵子忙得既紧张又疲倦，却又没有见到事情有期望中的进展，更不确定接着会遭遇什么麻烦，因此心中不免有些气馁。

　　"看来我们才是被摆布的一群，国王倒是走得挺悠闲自在，我看要他回心转意的话，非得使出更强硬的手段才行。"大家围过来聆听指挥官分配任务。

　　傍晚，就在他前方的路上，渐渐飘来一阵烧焦的气味，登坡一望，发现前头的森林起了大火，火焰烧亮了一片山头，红光照着窄小的路径，鸟兽在烟幕中逃窜，这景象吓着了他。站在外围入迷地看着大火，他想起了小时候喜欢玩火，有一次意外烧毁了半个宫殿，他在一旁高兴地看着大人们惊骇逃命的样子。没想到后来不但没有人阻止他玩火，甚至请建筑师预先盖一座简单的楼房，让他放火取乐，父王与母后认为只要他不哭闹，玩得开心，这一点损失依旧很值得。现在面前的大火让他有种错觉，好像这就是他当年放的那把火，一直燃烧至今。害怕地退避到安全的出路旁，犹豫着该怎么走下去，在烟幕的逼近与笼罩下，他怀疑无法如愿继续，便说："看这野蛮的力量如何为至高者传话，是否承诺不需兑现的那天已经到来，或者只是在敦促另一个承诺的立许？噢，难道我愚昧的探寻威胁到不可揭露的奥秘，竟需要降灾以除？"凝视火焰的蔓延，大声说，"我再也不要看见这一切，但我不会走的，滚远一点你这个虚幻的世界！我岂能乐于被这可笑的生命折磨，我的人生是个笑话，陪伴我吧疯狂，无情的焚火拯救我吧。"

　　当他心神恍惚地走入浓烟中不久，一个人突然骑着快马冲过来，将刚刚昏倒的国王背走。带到附近的溪流旁，他渐渐苏醒过来，并认出救他的人就是小丑。

"是你，你不是被土匪抓走了，怎么会在这里？"声音虚弱地说。

"我逃出来了，我想大概你已经到了，就打算追上来。你没事吧？"国王没有回答，喝了一杯水。"没事就好，我们回家去吧。"接着小丑又说。这一说让国王顿时起了疑心，他睁大眼睛看着救命恩人，这对诚恳的眼神令他害怕，他仿佛恍然大悟似的站起来，杯子落下，他喘着气发抖说：

"原来如此，老天，你打从一开始就欺骗我是吧，你根本不是个小丑，那些故事全是你编的对不对？还有那帮土匪也是，你到底是谁，谁派你来做什么？我知道了，你是城里派来戏弄我的，你们是想取笑我，想知道我在旅途上闹了什么笑话对不对，一定是这样，我又丢脸了。走开，我不想再看到任何人。"

"不是，陛下，您误会了，事情并非如你所想象的那样，我是真心诚意要跟从你的，请相信我，没有人要再欺骗你了，那只是你的幻觉，我了解你是被骗过才会怀疑一切的。但我不忍心再看你冒生命危险流浪了，这里不适合来。"

"我不要回去，如果回去一定又会被大家取笑，笑我疑心，笑我流浪。"

"好。"小丑想了想，表情笃定地说，"那我们就继续走吧。"于是经过一段绕道跋涉，这天两人终于抵达了目的地。

宁静的寺院中，处处充满了一股闭塞的气息，僧侣藏在身着的灰色道袍里，无视于周遭的枯燥，却又对周遭些许的变动极为敏感。瞧见国王走近，一位老僧早一步到门口侍迎，面容阴暗难辨。两人沉默地看着彼此，不知怎么交谈，他甚至有点不确定自己是来做什么的。他问老僧："陌生人来这里，你为何不怕他会欺骗你？"他回答："骗子只会对有钱有势的人感兴趣，绝不会找上我这个身无分文的人的，是吧。"国王一听，觉得这是生平听过的第一句实话，内心非常感动。悄悄坐在只有一张长桌的厅室中，他被这里空寂的气氛吸引住，觉得感官轻松，思虑尽卸，仿佛从长眠中醒来，彻底与记忆中的诸多事物断绝关系，他不曾感到头脑如此清楚过，是否找到那位使仙术的朋友早已不重要，甚至去分辨哪些事的真假虚实也是没必要的，他满足地坐在这里沉思，小丑在一旁露出了微笑。

　　至于小丑是否真的从士兵的拘禁中逃出来，或是交换条件，接受指派在任务中负责卧底劝说。又或者其实全是他的主意，他计划瞒骗大家，表示能把国王带过来，还是他被国王感动而临时改变主意摆脱幕后指挥。而失火的原因为何，寺院是否也被收买……这一切假设当中有无数可能，世事真假难辨，谁有把握自己知道的就是真相？那么，就请容我把这些谜题留给各位想象吧。

不知为不知

　　有两个流浪汉，躲在一个垃圾桶旁的草丛里监视，等看有没有路人把吃剩的食物丢掉。之所以这么做，是因为前天肚子饿的时候，他们跟着一只带头的野狗找食物，结果从垃圾桶里翻出来的面包，都是吃了就会拉肚子的腐败食物。他们学到教训后，决定这次一定要等到人家刚丢掉的新鲜食物才捡来吃。不过在等了老半天却还是没等到的打击下，先前好不容易想到好主意的兴奋，顿时全没了，只感到自己无比愚蠢，要不是已经饿得没力气，他们早就放弃等待，离开这个到了傍晚就满是蚊虫（只差没蜈蚣而已）的草丛。

　　这两个傻瓜的小名很不文雅，叫鼻屎与笨头，可能是彼此叫久了，所以字面上原本贬损的意思也没了，只剩下个近似的语音音节。至于这小名的由来，这里基于做人厚道的原则，不予以披露。他们当然也有本名，只是一向没机会用到，日子久了也就有点忘了，只记得好像和功成名就或是什么道德仁义的字眼有关就是了，不过这范围未免太大了，知道也没用，他们常一听到哪个字，就觉得哪个字都像自己的本名。有一回甚至想到，也许从没见过的父母，自始就没给他们取过也说不定。

在这里若老叫他们鼻屎与笨头，并且又坚称没有恶意，恐怕很难让人相信，何况亦有欠格调。可是若采用相似音的字代替，写成"笔使与奔投"，则又与实质不符，毕竟他们这等人，文武皆不能，美化的居心反而成了一块可疑的遮布。因此暂时只能取中庸之道，以"四海之内皆兄弟"的大网子把他们一块收进来，借用末两字，叫做笔兄与奔弟。巧的是，长一岁的笔兄还真写过文章（那次是在警局写自白书，当时他一开始也不知道怎么写，后来竟然越写越顺，描述的语法十分生动，有叠字词、倒叙和意识流插入，可惜警官不是文学教授，马上逼他撕掉重写），而奔弟又真只干跑腿的活。

回到前头，眼看许多路人都吃完手上的食物，两人心想这可不成，这时笔兄想到一个办法："有了！我们可以故意在路人的面前做出恶心的事，这样他们就会没胃口，然后就会把没吃完的面包丢掉，我们就可以捡来吃了！"

"好主意，可是要做什么恶心的事，把狗屎拿到嘴边作势要吃吗？可是这条街太干净了，只有一只饿得没屎可拉的野狗，你有什么办法让它赶快上厕所吗？看，前面正好有一个吃着一块又大又热的松饼的女孩子过来了。"奔弟说完便急忙跑去抓住那只趴在路边的野狗，手拍着狗的屁股，嘴里说着催促的话，结果狗真的是上了厕所，不幸的是，它是撒了尿而非拉了屎。

奔弟一气给它一脚狠踹，野狗惨叫一声便往马路窜逃，偏偏这时候一辆车冲过来，当场把狗撞个正着，死状凄惨。站在一旁的奔弟吓得一脸惊愕，笔兄则是见机跑上前去，把血淋淋的尸体从地上拎起来，拿到那个女孩子面前，果然她一看就捂着嘴，随手把松饼丢掉，匆匆跑掉。于是两人终于有东西吃了。

不过因为恶心的狗尸也影响到了他们的胃口，所以虽然有吃的，却也吃不下，等到胃口恢复时，食物已经腐臭了。奔弟说：

"为什么我们老是这么倒霉？早知道干脆吃狗肉算了。"

"我才不要吃有皮肤病又有轮胎味的狗，我的胃会得皮肤病。"笔兄说。

"你太挑剔了，先吃再说，万一胃得了皮肤病，大不了吃些治皮肤病的药膏就行了。"奔弟边说边脱掉沾了血和尿的衣服。

"狗是人类的朋友，你可以吃朋友吗？看，我们杀死一个朋友了，而且还害那个女孩没饼吃。"笔兄说。

"才怪，我们是在帮她纠正正餐前吃零食的坏习惯，还有，是开车的人撞死狗的，不是我们。对，我也不赞成吃朋友，所以在吃野狗前，我们可以故意先和它吵架，背叛它，那样彼此就不算朋友了，然后就可以吃它了不是吗？"

看看自己这一身又脏又臭的衣服，他们决定非得找些衣服来换换才行，否则可能原本好心要施舍钱财的人，一闻到他们身上的味道就跑掉了。不过找衣服可不见得比找食物容易到哪去，在他们不偷不抢的善良原则下，能做的事大概也没几件了，一切全都得仰赖他们那个完全不值得仰赖的头脑了。

晚上走在住宅区的巷弄里，他们小心避开警卫的注意，拿着捡来的狗链，假装在找走失的狗。奔弟小声地问笔兄：

"在这里找得到衣服换吗？你快想想办法好不好，我的衣服快长蛆了。"

"我当然已经在想办法了，你以为我在做什么……来福，你在哪里……对不起，旁边有警卫在看我。"这时候巷子口有一个喝醉酒的男人步伐颠簸地走过来。笔兄看了他一眼，接着又抬头望望公寓中亮灯的窗口后，便说他有主意了。"怎么样，难道要脱他衣服？"

"不，把万用袋拿来，快。"这个万用袋，就是一个装满许多他们平时翻垃圾时捡来的，还能利用的东西的袋子。取出破了洞的丝袜，两人便按照主意行动。当那位穿着西装的酒醉的男人在按门铃，他们突然动作快速地在他衣服上围上丝袜。他生气地把他们赶走后，就醉醺醺地上楼去。大约过了三分钟后，楼上的窗口便传出夫妻吵架的声音："你这个不要脸的男人，你给我滚出去！"说完就只见妻子开始把酒鬼丈夫的衣服，一件一件往下丢，而这时候，那两个看热闹的，正好就在楼下接个正着。笔兄捡了两件就准备要赶快逃走了，不料奔弟却还在那儿当场试穿起衣服来了，甚至还对窗口大声说：

"嘿！楼上的，可不可以再丢一件尺寸大一点的下来？还有，不晓得有没有墨绿色的纯棉条纹长袖衬衫，或者随便皮带什么的都行。"笔兄跑回来，抓着他就快溜。奔弟被拖着走还边说："我穿米黄色的圆领衫看起来会太胖……"逃到安全的区域时，距离刚才案发现场已经一大段路了。

"累死我了，再跑下去的话，我的新衣服就要变寿衣了。"笔兄说。

"我们偷了人家的衣服，还破坏了人家的婚姻，怎么办？"

"那不算偷，而是给人家一个积阴德的机会，让我们受他们的帮助。其次，难道你没听过'吵架是婚姻的调剂'这句话吗？他们追我们是为了感谢。"

"那就好，我可不希望犯法造孽，将来死后下地狱。你想，活着就这么难过了，要是死后还是受苦，那会苦成什么样子？"

因为附近正好有一家市立医院，这天晚上他们便决定睡在加护病房外的家属休息室里。他们常常躲在医院里，上厕所、喝蒸馏水、看绯闻周刊（报纸是在邮局看的，在图书馆则是看免费电影），外加量血压，充分利用过不少社会资源。

"早点睡吧，免得半夜又被家属的哭声吵醒，这就是睡这种地方的缺点，否则这里真是安静又凉爽。奇怪，为什么病人偏偏一定要半夜才死呢，白天不行吗？该不会是半夜护士睡着，忘了给病人打针吃药吧？"笔兄说。

"不知道，我在想的问题是，我们之所以这么倒霉，会不会是因为和我们住的地方的风水有关？我是不晓得怎么样的方位是好是坏啦，但是常常睡在隔壁一直有人在死的地方，这不用想也知道肯定会影响到我们的气，气就是一个人成败的关键，对吧？"奔弟说。虽然这个结论听似荒唐，可是又好像一针见血。然后就是一阵充满幻想空间的长长的沉默，长到打鼾去了。这应该和"气"无关了。

他们是名符其实的流浪汉，每天都睡不同地方，去不同地方，这倒不是为了追求旅行家口中的"行万里路，增广见闻"那种崇高雅趣，而是为了活命，因为他们每到一个地方，就得罪一大堆人，不逃行吗，结果越逃又得罪越多人，如此恶性循环。那么现在问题是——到底他们是在地球上哪个地点？这个问题很复杂，因为连他们自己也不知道，只知道是在都市里，或者称为"有连锁便利商店的地方"还更贴切。首先，他们不太识字，看不懂路名，而且这个地方的招牌有一些是中文，一些是英文，还有日文、法文……甚至有泰文和越南文，真可说是"天涯若比邻"。虽然路上的人几乎全是中国人，但也许这里是欧美国家里的中国城也说不定。再则，他们小时候是接受过中英双语教育的，说起话来中英交杂，连吃的穿的也是亦中亦英。这也难怪他们搞不懂自己在哪，久而久之也就不管了，反正天底下除了温饱之外，其他事大抵是可知可不知的。于是，这天他们再次踏上未知的旅程，而且是穿着新鞋子踏的。

坦白说，其实也不算什么未知的前程，他们去年早经过这儿了，只是因为一年之间，这儿的景象有了不少变化，楼房盖起来挡住不再陡峭的山峦，河道变直，坡地上种植的作物不同了，连锁商也来了，所以他们根本没发现以前到过这里。搞半天，原来他们多年来一直在同一个市区的附近绕圈子，市区的风貌不断改变，他们就一直以为自己走到了另一个新的地方，这全要怪开路的人把路全接通在一起，害他们老绕圈子。这么说还的确是"未知"的前程。走了一整天路，大老远笔兄看见了一家很眼熟的店。

"你看，那不是去年我们去过的小戏院吗，怎么跑到这来了？"说是戏院，其实是一家有播放日本摔角片和武士古装片的茶馆，里头经常坐满没事干老先生，空气中是香烟的浓烟，地上是铺满了的瓜子壳和花生壳，几乎看不见地板是什么做的。但现在外头多了几块色彩醒目的招牌。

"是啊，可能是搬家了吧，搬到这里可能比较热闹吧。"

"唷，奇怪了，要真是搬家的话，怎么连戏院隔壁的西药房都一块搬过来了？还有那个走廊上瘸腿的老伯也在，该不会人家载他来吧。"

"不知道，说不一定这一带的邻居大家感情太好，一个人搬，邻居也跟着搬，看来人果然是感情的动物。"

"我看不只一起搬，好像连整个附近的风景，都刻意修筑得和以前相似。"

"你不要小看了人类的合作力量和科技，要建造什么都是可能的。我看过拍电影时搭的布景，就算是再锐利的眼睛也会被瞒过去的。"走近过去一看，别说放电影，连茶桌也全没了，装潢也不同了，全改成摆放电动玩具机，客人都是些孩子。这下笔兄才一脸恍然大悟说：

"刚才我们真是笨，真是瞎了眼才看不出来，其实这里根本不是戏院那里，只是看起来很像是戏院那里，对吧。而西药房也是到处都有，样子差不多。至于瘸脚老人就更不用说了，老一辈打过战争，多的是瘸腿的。"

"对啊，听你这一说我总算豁然开朗了。"两人于是离开此地继续前行。结果过了好一会，奔弟还在问："你记得当时我们在戏院是看哪部片子吗？"

过了几天，和古代探险家终有一天走到世界边缘一样，这两人走到了海口的码头，宽阔的河水注入无边的大海，天空养着片片白云，景致吸引人。因此果然吸引了一大群游客到来，尤其是黄昏时分，这儿多的是一对对男女情侣。大家各自占着一个角落欣赏落日，动作亲昵，看得一旁他两个既沮丧又忌妒，一阵沉默不语，好像被一拳击中要害。的确，以流浪汉的条件要有个女人做伴是不大可能，应该说"门儿都没有"，比较符合统计数据所显示的科学叙述。当然，他们一直为此感到难受，毕竟女人这种东西不比面包或衣服之类的物品，可以动歪主意就弄到手的。幸好，平时他们为了食物就已经够奔波忙碌了，至于"有没有女人"的问题，自然也就没时间去烦恼了。印证所谓"饱暖思淫欲"。

"怎么办，我想跟女人睡觉。"奔弟脱口而出，虽不文雅，但还算中肯。

"我有什么办法，女人这年头可不是人人都玩得起的，你得要有钱、有头脑，要温柔体贴，还有外表好看。你就认了吧，这些条件是速成不了的。就算你条件有了，也还得先约会个三五年，女人才肯安心上床，到时候恐怕你已经八十岁了。"

说来不光彩，活到这个岁数，他们和女人只睡过区区半次，怎么说是半次？有一回在餐厅后门捡垃圾时，奔弟撞见一个妓女在让一个衣着高尚的男士快活，当时奔弟看得入神，不料却被绅士发现，一声叫住，奔弟拔腿要跑，只听见后头直说："好商量，兄弟！"站定回头一看，他已经掏出皮夹走过来，马上给了两千块说："告诉我太太你什么也没有看到，没问题吧？"奔弟一脸糊涂，男士摇摇头又给了一千，他讶异地看看钱、看看对方，二话不说就点点头跑掉了。

兴奋地跑去把笔兄拉到别处后，他得意地亮出钞票来，直说有钱了。正当两人讨论要去哪吃东西时，巷子里突然来了个女人，就是刚才被撞见的那个妓女，她一路跟来说要做两人的生意，全额是两千块。两人先是舍不得花饭钱，但由于定力不够，便开始杀价了。带两人到她住的地方后，两人却开始为了谁先谁后大打出手。打输了的笔兄蹲在门外喝闷酒，不甘心地等待着自己的破土典礼。

不过当老弟才脱了衣服，这婊子竟然开始卖起药来。她说：

"要不要试试？这药吃了可以延长很久，你知道我的意思。"他一听，心想要玩就尽兴点，那好吧，多少钱？这还用说，当然是打他身上最后一千块的主意。结果这药效还真不是盖的，两人一交媾就是激烈的一小时，可是万万没料到的是，这药有效就是因为药让他的生理麻木没了知觉，所以从头到尾他一点快感也没有，倒是那个该死的妓女乐了好几回，气死他了。之后轮到笔兄上场也好不到哪去，他酒醉得头昏眼花，被打的伤也一碰就疼，上了床连裤子都忘了脱就缠上人家，还抱怨怎么一直对不准正确位置。整个经过大概就这么回事。

落日好像也把他们的希望给沉了下去，他们晓得大概永远不会有女人跟他们睡觉的。晚上河岸边的灯光把游客们像飞蛾般引成了一群，小吃摊贩卖着烧烤的食物，然后又是情侣来、情侣去，把星星月亮给指个没完。

"烦死了，走，我们去找点吃的，饿死了。"奔弟每次不高兴就猛说"死"。

"那摊卖香肠的怎么样？"往前头一指。

"好只肥羊，我看用第五招好了。"他探头看看四周。

"你疯了，人那么多，我看用第十二招还差不多。"两人于是一起往小贩走过去，就在距离不远的地方，他们突然开始打起架来了，先是拳脚来往，接着互相拉扯，一使劲两人就重重撞上摊贩，把一些香肠也给撞掉在地上。小贩连忙闪避，笔兄捡起香肠就丢奔弟，一个跑，一个又追，手上抓着香肠作势要扔。小贩看损失不多，也就自认倒霉。不过因为跑得太急，不料却撞上了一个很高大的男人和他女朋友。"对不起。"笔兄说。"要道歉没那么容易。"男人一把抓住他的衣领。"算了，不要这样。"女孩说。"对，你女朋友说得对。"奔弟过来要解围。"这是什么？"男人拿起一串香肠一看，"好啊，原来你是小偷！"

"不是，这是老板送的，我是他表哥。"用力一挣脱，那男人便给两人一顿痛揍。"住手！"女孩想解围。知道抵抗不了，两人才抱头屈服，赢的一方也才罢休。"你到底有什么毛病，滚！我不想再看到你。"女孩推他一掌。"是啊，等你把钱花光就会找我的。"男的走掉。"你还有脸说！"又回了一句。

"好了，求你别再骂他，我怕他又跑回来打我。"笔兄倒在地上说。

"很抱歉，他的脾气就是这么坏，他是有前科的黑道老大。"

"那你是他的女人吗？"他爬起来擦擦脸上的血。

"现在不是了。今天我就是和他来这里谈判的，要不是撞到你们，我差点就决定继续和那个混蛋交往了。你们是来做什么？"她过去换扶奔弟起来。

"我们是……"奔弟接过去说："我们是流浪汉。"两人互看了一眼。"对，我们自由自在，否则我们可能永远遇不到像你这么漂亮的女孩。真的，就算会被揍都很值得，今天是我的幸运日，通常我会口吃。奇怪，我好像在哪见过你？"

"是吗，不会吧？我以前演过一些色情片。不要告诉别人。"

"噢，那……一定是我记错了，长相一样的人本来就很多。要不要吃个香肠？"

就这样，他们三人坐在河边一起聊天，聊流浪、聊求职骗局，已经好久没聊得这么愉快了。可是时间过得好快，他们俩实在舍不得她走，当然有一部分是"上床"的考量。看着岸上最后一班渡船即将驶离，笔兄再也忍不住内心激动说：

"我不知道要说什么才能有技巧地表示请求你留下来的意思，所以我只能说，请你跟我们一起走好吗？我们会很愉快的。"就在这时候，不远的后头来了一群人，有的拿刀，有的拿棍子。"看到了，在那里！"一看知道不妙，两人赶紧逃，可是路被人家拦住了，只好往渡船的方向跑。他们与女孩道别："如果你不一起走，我们就在此道别了，真是狼狈，我只想说，我会想念你，甚至会想办法去租你演过的片子来看。再见了。"笔兄与奔弟跳上刚好驶离的渡船，然后向岸上的她挥手。后头追过来的那群人知道追不上了，便停下来。带头的那个男人大喊："你们敢抢我的女人，就不要让我遇到。"女孩一听，突然改变主意，她一下就跳到水中，奋力向面前的小船游去。

有时候人生是会有惊奇出现的，尽管机会不多，但哪怕只要一次，大概也够让人难忘了。至于接下来这两个流浪汉和新伙伴，究竟又会展开一段什么样的旅程呢？那就等以后再来慢慢地说吧。（待续）

居天下之广居

渡船拖着长长的水波，月光倒影荡漾……等等，别管什么月光了，救人要紧，笔兄与奔弟急着合力要把游过来的女孩救起。"后头是不是有人落水了？"船驾驶说。"没事，只是一只海豚而已。"笔兄说。其他乘客静静看热闹，看看能否瞧见湿衣服变透明。

"你疯了不成？你差一点就溺死了，你最好检查一下裤子里有没有河豚或是轮胎。老天，你会感冒住院的。"他又说。

"不，我自由了！我从没这么清醒、勇敢过。这下总算给了那个混蛋一个教训，他一定吓呆了。"女孩说。

"对，我也吓呆了，这下我随时可能会被黑道枪杀了，小姐可不可以麻烦你再游回去？"奔弟说，笔兄踩了他脚一下。女孩感谢说："真是多亏你们的主意，否则我永远无法脱离控制。"两人听得既得意又不好意思。"没什么，我们只是破坏人家感情而已，这是应该做的。"这次换奔弟给了他一个拐子。

这女孩艺名叫朵朵，她的成长背景想必坎坷，否则如何利

194

于为她的自甘堕落作出充满同情的解释。朵朵做过最正当、最有名誉的一份工作，是当音乐伴唱带影片里头的模特儿，严格来说也称不上份工作，她只是穿着泳装在巴黎铁塔前走来走去而已。船驶抵岸上后，朵朵出钱就近找了间旅馆让三人住一晚。从背包取出上回捡来的干净男装给她换上，两人睡在擦干净的地板上，以绅士风度将床让给女士。她对旅馆内哪里放有什么东西好像很熟，看她到处走动就像在家里一般自在，笔兄认为也许是人家聪明和适应力强的关系。

才刚想要谈天，叫了几声才知道人家已经睡着了。好久没睡这好的地方，好像要是把这美好时光睡掉就糟蹋了似的。他们与女子共处一室，居然保持了一整夜的君子行为，但脑子里其实根本不是那么回事。笔兄不断兴奋地幻想如何与朵朵谈情说爱，最后结婚生子，细节历历在目，样样甜蜜都没略过，想得他心满意足，一夜不成眠。至于奔弟也没高尚到哪去，他在睡梦中早把人家非礼了。因为笔兄警告过他，俗话说：留得青山在，不怕没柴烧。先苦而后甘，就像存钱到银行的道理一样，今朝的小忍耐是明日的大享受，绝不可以逞一时之快而不顾大局。他心想，要记着，最好以后真有甜头，否则要是到时候连个影也没有，可就不是非礼个两下子可以了事的。

天还没亮，笔兄就站起身子，他不知道自己刚才那么多幻想该从何做起，看着熟睡的朵朵，他突然觉得自己一无是处，既蠢笨又丑陋。走进浴室照着镜子，几乎被自己的样子吓得愣住，好像自己被一层可怕的皮膜给罩住。关上门，他脱掉了全身的衣服，随手抓一块肥皂就往身上涂抹，一下子身子便又滑又香，好像魔术一样，但似乎又有着某种庄严性，让他感到幻想正带领他到某种可及的情境中。洗完澡后，他想到要去带点早餐回来。

自告奋勇到隔壁厨房帮房东煮了一锅杂烩粥后，他用碗盛了一些还热腾腾的带走，短短的距离却还是步伐急快，好像已经听到了人家的赞美。打开房门，看见朵朵已经穿好衣服，在矮桌写字条。她决定要返回南部的祖母家，打算边帮家里工作，边去学校读书，彻底改过自新。

"真的吗？这么快就想通了，要不要再考虑几天？"他放下碗站在一旁说。

"不，过去的种种愚昧行径，一切到此为止，我不可以再浪费宝贵生命了。以前我总是随随便便和男人睡觉，现在我学乖了、长大了，真不懂以前怎么那么傻。"笔兄一听心头宛如刺了冰锥，哑口无言却又急着说些什么。

"你可不可以……过两天再改过自新，反正已经放荡这么久了，没差个两天吧？说不一定你会后悔或是怀念从前，我是说改过向善当然很好，但是……人生历练也很重要啊，人应该在错误中学习成长，对吧？"声音越讲越小。冷静想想，她的确没有理由留下来，他们之间又并未真的了解，更甭说爱情了。他惊觉原来自始全是自作多情，想起来又羞又烦躁，一急之下他言语更没了顾忌。

"我会好好照顾你的，你别走，我们可以一起改过自新，我会去工作赚钱。"

"不，我们应该各奔前程，不要彼此牵绊，我会想念你们的。"

"想念又没什么用，你先和我睡完觉再走好吗？不然我要想念什么？"

"不行，要先有真爱之后才能一起睡觉，否则男人会认为我很随便。"

"我不会说你随便，你就别管什么真爱了，这又不是什么祭孔大典。"

"不，肉体的关系是短暂的，朋友才是永远的，别这么没耐性。"

"我、我没耐性？我已经忍耐几百年了，你懂什么，我再也不要等了，我被道德欺骗拘禁太久了，什么报应公平全是谎话！"奔弟这时被吵醒，还不知道发生了什么事，只看见朵朵跑掉，笔兄快步追上去。往巴士站去的一路上，两人情绪未平，只有连连道歉与持续沉默，她把身上最后的钱全花在一张南下的车票与一瓶饮水上。在等车的最后十分钟，笔兄突然语气一变，文思泉涌了起来。他一口气即兴念出一串串长长的诗句，算是意境优美且情感真挚。

"还有，你的指甲像是从天国在一阵凄情的撼动中所落下的为了覆盖殉情者尸体的花瓣。听到了吗？你没事吧？要不要帮忙？你的车子来了。"他站在女厕所门口说。在这道别的时刻，两人觉得好像彼此已经快变成陌生人了，因为她所上的车，车所要到的地方，以及那地方的一切事物，对他而言全都是陌生的，于是，这个陌生的世界就这样带走了他的女孩。

　　沮丧地回到旅馆外头和奔弟会合后，他们到附近一所学校的一棵树下休息。笔兄沉默发呆，好像随时会倒卧下来。没想到沮丧对他这种人是有益的，因为没有胃口吃东西，所以不必为找不到东西吃而烦恼。奔弟等得有点羡慕他不想吃东西，坐在一旁想看有什么办法也可以变得沮丧，结果越想自己饿得可怜，反而只是越饿，白沮丧了一场。到了傍晚，奔弟实在看不下去了。

　　"要不要吃一点我从人家车祸现场捡来的蛋饼？你再难过她也不会回来。说不一定其实她有性病，你应该庆幸逃过一劫。"

　　只见笔兄听得激动起来："你闭嘴！你这个白痴，你晓得不晓得我们两个人都是白痴，永远是没有女人会喜欢的白痴。"两人打起架来，好像打在身上的对方的拳头，其实是自己的拳头，越打越像是在给自己掌嘴，痛得有些心甘情愿。

　　这下两人虽然打疼了，但似乎也给打醒了。晚上下起了雨，望望周围没有任何地方可以躲，全身又没力气再走，雨水慢慢湿透了全身，笔兄想起早上在浴室洗澡的感觉，接着再看看现在的狼狈样，突然心中冒出了一个重大的想法。

　　"笨头，我想通了。我们是不是也该像朵朵一样，我们为什么不也重新展开新的人生？我们也可以工作、上学，尝试过另一种不必流浪的生活。"

"你的头是刚才被我打坏了吗，还是淋雨让你的头发烧了？你只是三分钟热度，想换换口味罢了，什么新的人生，我还想展开犯罪生涯呢。"不管奔弟如何冷嘲热讽，他就是沉醉在对奋发向上的憧憬中，口中还不断说着许多众所周知的立志名言，决心与冲动强似逆水而上的鲑鱼。他说就算做不到也要知道为何做不到，他已经受够了不确定的流浪生活。于是，这时候他们一起向不远的传来热闹声音的夜市走过去。奔弟没再阻止，是因为根本不把他的觉醒当一回事，心想去就去，就偏不信他能撑多久，等着看笑话吧。不过笔兄真的从未踏过这么坚定的步伐，除了踏死了一只蟑螂外，可以说是一心一意、勇往直前地投入对他敞开友善怀抱与无限希望的现实社会。

位在加工区附近的活动夜市，每个月在员工领薪水的隔天会来到，专门卖一些便宜的日常小用品给这些从外地来谋生的人。发电机运转的声音就是一种叫卖声，女工们围住的摊子一定是卖发夹镜子或是衣服口红的，男人围住的则不是小吃摊就是赌博摊，气氛热闹得很。他此刻看到这个景象，的确是燃起了一股希望，眼中所见之物似乎不再与以往相同，一切显得和自己有关，他好奇地想知道大家是怎么与他不同的。有些女孩见到流浪汉挤过来，纷纷避开一旁，男人则照例给了个眼光。对此习以为常的反应，这次他开始变得有些无法不在意，虽然早料到会有这些难堪，但是亲身经验起来还是不太一样。

　　以往他们在市集里都会乞讨东西，独这次例外，笔兄鼓起勇气到一处卖什锦粥的摊位，很客气地向老板表示，希望让他帮忙工作，不必给钱，只要赏碗粥吃就行了。这位忙得没瞧他第二眼的老板说，他不能占人便宜，也没打算请帮手，不过看两人有这个心，给碗粥是没问题，因此奔弟马上吩咐老板："那能不能干脆多给些大蒜酱？"害笔兄丢脸得赶紧把他拉走。来到另一处卖炸面饼的摊位，他们提出同样的要求，好不容易人家准许，心想一定要好好表现，结果一紧张居然误把盘子当成面饼下了油锅，水槽里则放了一堆饼。他们还把过来帮忙抢救的顾客看成是老板，对人家道歉个不停。而昏倒的老板则被笔兄看成是顾客，直在耳边说："别担心，这次算我们请客。要不要再来碗我们的肥皂水？不，我是说海带汤。"两人随即拔腿逃命，虽然笨，也还知道"站住"的意思就是快跑。

　　"那我们不要做和食物有关的工作好了，我们去卖指甲刀、棉花棒之类的日用品怎么样？"笔兄喘气说，"反正天下无难事，知难行易，熟能生巧。我在捡来的一本成语指南上看过，还有明珠暗投和明弃暗取的故事。"他们躲在高压电箱后。突然一个人从后头出现，抱着一箱货物给他们，要他们拿去卖，两个小时后会去收钱，到时会分给十分之一，还警告说："我会一直在附近监视，你们要小心警察。"说完就神秘消失了。打开箱子一看，是许多电影和流行音乐的碟片，他们很高兴有货物可以卖，心想果真是"绝处逢生"、"自力更生",于是抱着纸箱就往人多的地方挤。

没想到那纸箱就像块磁铁般,用不着吆喝,一下子就吸引了一群人。老手往箱里一翻,里头什么片子都有,要不是因为没放影机,奔弟自己也想买一张来瞧瞧,看到底护士是兼个什么差。收着一张张钞票,笔兄有些傻了,心想难道钱有这么好赚吗?这分明就是违法的东西,但他知道这大概是免不了的起步风险,是逆境求存,是不折不扣的"出污泥",就当成是"彻骨之寒"的磨练吧。再说大家花钱买而没去报警,这表示人民和他是站在同一边的,所谓"民为贵",相较下,王法大概是较为可以轻忽的。手把钞票捏得死紧,深怕会凭空没了去。

在生意正好时,有一个男孩本来挑得好好的,一眨眼间竟然跑了。"抓贼啊!"他们叫了一声便过去追人,费了番工夫还是没找着,回头一看,箱子里的货也被调虎离山给拿走了。气得他们急着要去报警,这下神秘的主使人才现身。

"我说过小心警察了,你们竟然还想报警自投罗网,疯啦?"

"对不起,我们只是急着想捉贼,我一向看不惯犯法的行为。"

"那不是贼,那只是为了抢地盘派来捣乱的小鬼,该死的,把钱全交出来就给我快滚!"这下他不但没赚到钱,白忙了一场还挨一顿骂。笔兄恼羞成怒地发现,原来人民根本不是站在他这边,而是站在私利那边,完全不顾别人的下场,于是先前

"民为贵"的思想，也就顿时化为云烟了。

　　这时突然有人当头拍了他一张照片，等眼睛在闪光后恢复视觉时，那个女人只留下持着照相机的背影。"拍什么拍，我准你拍吗？"笔兄在气头上嚷了两句，就转身打算离开这个鬼地方。"臭要饭的！"几个孩子拿吃的东西就往他们背后扔，但实在累得不想理会。吃了一点坏孩子们砸在他们身上的糕饼后，两人来到山坡上一户亮着灯的人家附近休息。一走近才知道那是多寒酸的屋子，黄色的灯光里传出音响的音乐，地上排满了许多石头木头，还有捡来的瓶瓶罐罐、破铜烂铁，要在这周围找个干净的角落睡实在不容易。才一要坐下来休息，一条土狗突然跑过来吠叫。两人吓得想快逃却又不敢逃，怕被追着跑，只好轻轻走。

　　"叠包，过来！"狗听话地跑向一个逆光的女人黑影的脚边，"别怕，它不会咬人，但我就不一定了，哈哈。"她走近灯光，让脸露出来打招呼，并很轻松地要请他们抽烟。他们很好奇这个年轻的女孩子怎么会住这里，还一点也不怕陌生人。一见到面，她就很意外地吐着烟说：

　　"原来是你们，我刚才在夜市拍了你们一张照片，好像还被骂了两句吧，对不起，当时我急着去拍另一边的摊贩。当时你的表情很有意思。进来，进来屋里坐坐。"屋里放了许多图画和立体塑像，"很乱，随便坐。喝点什么吗？"

　　哈夏是个艺术家，家境富裕，半年前从美术学校毕业。她很向往流浪的生活，外貌平平但气质不错，最喜欢结识各种朋友，她的名字是印度某个密教里的繁殖女神。坐了片刻，两人还是不知道该说些什么话才对，问问题怕出糗，要赞美又不由衷，所以只好再多微笑一会了。

拿一堆刚洗好的照片给他们看，同时哈夏在一旁随即取起纸笔画人像速写。那堆照片里有一大半让他们看不懂，真不懂拍这些垃圾堆有什么用，况且拍得模模糊糊，他们住在这种角落那么久，也没觉得有什么好看的过。不一会，她就画好了，看起来是有点像，但样子并不真实，笔兄心想，平时是人家看他们怪，没想到这回竟遇上个比自己更怪的家伙。"流浪汉？哇，我真羡慕你们，可以教我几招吗？"奇怪，实在不懂是什么样的人会对他们有兴趣，又拍照又画画的，还羡慕什么"苦行修道"，劳碌命还差不多。笔兄回想自己从小"自我放逐"至今，也从没明心见性过，更别提达人知命，没有愈加穷途末路就不错了，哪还有"曾经沧海"的事。

"其实我们打算去学校读书充实人生，不流浪了。"奔弟说。

"充实个屁，我上学就只学到一件事，那就是上学无益。应该说有用但无益，这样比较持平些。"她笑声爽朗地说，一点也不会瞧不起两人。双方不停交换旅行和流浪的经验，气氛一片欣然自在，不时佐以开怀大笑。每当叠包靠近，哈夏就紧紧抱着狗玩在一起，模样天真又潇洒，她的画在一旁延伸着本人的每个姿态和言语，好像她是这个世界的拜访者，而非原住者，她让这一切仿佛顿时全有了新意，从此无法确切断言任何事的是非。喝了一点烈酒后，他们不好意思地告辞，答应随时都可以来坐坐，连奔弟都被这番盛情感动得忘了开口向人家要一根刚才摆在桌上的香蕉。他告诉自己一条定律，要友谊就要有礼貌，要有礼貌就不能要有香蕉，他认为人家虽然慷慨，但乞食显然是在限度之外，并且也有得寸进尺、软土深掘的嫌疑。他就假想过，如果他有一串香蕉，那他谁也不给，因为食物对他这种人来说，等同生命，是严肃的现实根本，而绝非可留可不留的身外之物。费了一番功夫把手从叠包的嘴里拔出来后，笔兄再次回头看看那个露出灯光的窗口和哈夏晃过的人影，他有一点不确定是什么东西能发出那样子柔美的光亮，一股崇拜这位灵感女神的冲动，想要和她的内在精神上床。

下了山坡，他遇见一大群镇民正陆续往一片位在河川上游附近的国有土地走去，准备抗议明天清早的焚化炉兴建开工。大家在那里搭起大型营帐，提供伙伴夜宿与消夜。笔兄与奔弟虽不知道这些名堂，但为了又一夜的吃睡，他们还是立刻瞎唱和着。这种场子之前也不是没睡过，例如在野势力策动的农民游行，不过规定要先演练完丢砖块才能领镇长致赠的睡袋的情况，这倒是头一遭。奔弟刚才的酒醉未消，所以砖头被他掷得离目标有些远，不偏不倚击翻那锅热粥，害得两人最后没的吃，还成为其他人饭后看的笑话。

笔兄吞了口冷口水后，也只能尽量让昏倒和睡觉同时进行，好省事点。侧着头看见总指挥丢下写计划的纸笔睡觉，他突然

想要画画，于是伸手把纸笔拿过来。起先其实他也不知道想画
什么，只是很想体会哈夏畅快动笔究竟是什么样的感觉。他想
画一个图案，一个仿佛能全然将自己整个心刚刚好包装起来的
图案，于是他不知不觉地画起了哈夏的人像。当笔尖在纸上磨
动时，他感到渴望马上见到对方，见她让自己的每个部位真的
成为可见的东西，她的肩和唇就是把线条弯成那个形状，许多
各种线条按照一定的距离，组成了她的形象，好像要捧起一个
没有可施力之处的东西。画了一夜，白天他趴在画作上睡觉，
抗争的冲突将睡梦带到一个残暴的野地，那里的一切言行都是
疯狂的，但是哈夏的形象在此似乎给了一个可遵行的规则，她
让记忆发出光亮。

　　带着画像，他们忍不住想再去找哈夏，打算要求和她生活
在一起。来到接近小屋的门前，意外听到喧闹声，音乐播放得很
吵，进门一看，里头有一群男女正在开舞会。一问才晓得，她临
时决定明天要和朋友出发到外岛旅行。"你可不可以留下来，怎
么说走就走？"笔兄捏着那张画没给说。"不，我爱自由自在。
人生短暂，我必须把握机会。我好兴奋！"拥抱了一下，她拉
他们进屋子，但是被拒绝了。笔兄看着她那双画不出来的眼睛
沉默了片刻，突然想通似的微笑道别说："我也爱自由自在。"
至于接下来他们又做了些什么事，会时来运转还是继续倒霉呢
（看来继续倒霉的可能性较大）？那就等下回再慢慢说了。

冒牌大夫

　　金毛医生并没有合法执照，开业多年，靠的全是一张嘴和用不完的幸运，就连他自己也渐渐认为自己似乎真有着不凡的治病天赋。之所以没人把他看成是使幻术的郎中，是因为他的言行约略带有科学成分，或者说是模样。"科学"一词在本地专指很难懂的事，对本地人来说，反而玄学范畴的超自然力量，才是容易懂的事。例如泛神、亡魂、鬼怪精灵等等，这些事在他们的观念中，就是不可怀疑的唯一真实，不管外地人如何指责为迷信。

　　几十年前，老高个医生来到此地救治了许多人，大家才头一次见识到另一种未知的力量。可是几年前，老医生不幸去世。金毛原本是个卖食材的商人，有一回初次来到本地时，一位患有皮肤疾病的村民来找他，说自己用传统药方治了很久也没效果，无奈高个医生又已经去世，想要借助他的知识，看是否知道有什么药可治。他好意一看那人的身体，原来他以前也患过，知道那种毛病现在已经有药膏可治。于是随着带路，他进入老高个医生的屋子，在上锁的药剂柜里，他果然找到了药膏，不久便治好了那人的皮肤病。消息一传开，许多患有相同毛病的村民也就纷纷来找金毛求救，当他是老医生复生，连患其他疾病的人也来找他。他对这个现象很惊讶，没想到这地方这么落后，没想到大家竟然当他是医生，让他想要赶紧逃走。大家看他急着离开，便赶紧给了他一些钱财，希望他留下。尽管他一再说自己不是医生，但是人们认为他只是谦虚。在看见面前的不少钱财后，他终于私心一动，想说，好吧，送上门的钱，岂有不收的道理。就这样，金毛谎称自己懂现代医术，决定顺着大家的意思留下来。

至于最实际的问题，怎么治病，他想出了一套办法，他翻阅所有老医生留下来的病历记录，照上面的名称给药。至于诊察的动作，他只是凭以前自己看病的印象来模仿，看起来有个样子而已。大家一想到这可是新时代的科学方法，于是就算再费解的举动也就不敢怀疑了。要是结果病没治好，他会说："我配的药没有错，错全错在城里制造的药本身品质不好。人心真是险恶，竟然为了赚钱贩卖假药，枉顾人命，更损害医生信誉。"病人一听，不但没有责怪他，还同情他开错药，双方一起把箭头指向假想的人身上，谁叫这种说法挺能符合本地人对城里的人的成见。接着话题的焦点便转到病情恶化以外的事，讲到城里的一切都发展太快，也难怪人们渐渐失去做人应有的品格。讲到从前世道纯朴，乃至于讲到阴阳盛衰、宇宙起灭的原理，等说完也差不多该睡觉了。吃错药的人最终也只能再回头吃祖传土药了，到时候若不幸出了人命，那也就全算成是土药的错，而非先前金毛的错。正所谓：第一百个人的错，扛下了前九十九个人的错。

然而并非村里完全没有明眼人，以家里卖了好几代土药的秃爷来说，他一眼就看出金毛八成是个老千，绝不可能像死去的老医生那么在行。可是他不但没考虑拆穿人家的真面目，还打算要利用大家对金毛的信任，好好合作捞一笔。

"我开药给你，请你用你的名义贩售，我拿一半钱，算是我帮你撑腰。"

"笑话，你要我为你的土药的疗效负责，免谈！"

"不知好歹的东西，我的药传自上祖，岂是你一个郎中可以侮蔑的。"

"哈哈，好一招新瓶装旧酒，搞半天原来是要我当你的恩人。好，那要是你的药出了事，到时候可别怪我把你的上祖拉下水。"金毛说。于是两人这双簧一唱，还真是有模有样，这回他连信誉也建立了，村民们都觉得金毛医生开的药有效，只不过味道好像有点熟悉。结果他辩说：由于现代的药剂得远到城里去买，加上品质可疑（又扯到城里人的品德良知上了），有碍救人，所以他决定以传统药材取代，因此味道相仿。绕了一圈，经他这一肯定，仿佛从前常吃的那种药，现在都显得添了几分不凡与珍贵。想想古不离今、今不脱古的道理，大概也就不难接受他的这番说辞。

　　一段时间下来，他详细读过老医生写的病历记录后，才恍然明白为什么村民那么尊敬现代医术。原来有一阵子这里流行传染病，在自救下仍有许多人病死，直到老医生为大家注射药剂，才保住大家的性命，连本来健康没病的人，都以为自己也被一道救了。为了报答恩情，他们答应接受新观念，甚至是新宗教。

　　从日记中看来，老医生的确感觉到少部分反对声音的威胁，他越是想灌输他们新事物，他就越怀疑他们的顺从，甚至预见自己可能被下毒暗杀，若真是如此，他希望到时候有人来检验他的尸体。读到这里，金毛浑身一阵疙瘩，但是这些观察记录又不啻为掌握村民们的利器，何况其中有些事恐怕只是老头的幻觉。

　　说到掌握，言之过早。接下来好一段日子，村民们突然不生病了，个个身强体壮，使得医生的生意顿时冷清许多。不过他会主动找业务，路上逢人就诊察。

　　"瘦皮，好久不见，最近身子还好吧，老毛病好些了吗？"

　　"托您的福，我好得很，真是无病一身轻啊。"露出笑容。

　　"是吗，我看你脸色有异，要多注意肝脏，酒少喝。那你一家人都还好吗？不是我威胁，你知道有的毛病是慢性的，一时间是看不出来的，多疑心点也不为过。现代有个观念是'预防胜于治疗'，下一句是'两个孩子刚好'，听过吧。"

"搞半天，我还以为是'育房剩余制镣'还是'浴房、置寮'。"瘦皮说。

结果看人家好得很，实在拉不到客户，于是还打起别的主意，连人家精神层面的问题都不放过。他读过几本新潮的书刊，上头有一套讲精神疾病和心理分析的理论，也被他给搬了过来运用。在一次节庆上，他就以"心病难医"为题发表演说，强调身心健全的重要。"总之，情绪好坏是来自我们对事物的认知。看，古今多少人是被气死的，或伤心死的，有的人会受不了打击而发疯，这也是一种发烧的警告，而且会传染，否则为什么有的全家人脾气都不好，有的人心情愉快活到老？如果你们心情觉得悲伤、烦恼或愤怒，一定要赶紧来找我接受治疗，不要耽搁。头一次来的，原则上我不收钱。"这新观念令大家有些恐慌，既解释了许多现象，又置了更多的疑。大家开始焦虑自己也有心理上的毛病，好不容易现在大家靠自己的土地渐渐富裕起来，要是就这样病死，那会有多么冤枉。于是真的有些人去找他帮助，各种实话都在他的询问下一一说出。有人怕赚来的一大笔钱会被骗子觊觎，有人不满上一代的保守或下一代的开放，有人自责暗地里干过不道德的勾当，问题越暴露越多，听得金毛胆颤心惊。

当然，在聆听的过程中，他还是不忘顺便观察人家的气色。"你的新观念没错，女人要成功就要在男人的背后。对了，你要不要吃点消炎药？我看你脖子有点肿，可能里面的……某种组织有问题，这包消炎药算你半价好不好？"在这些寻求帮助的人之中，有一个叫酒窝的孤儿竟然说，心中有一个秘密使他无法吃睡，非常痛苦，他承认是他杀死了老医生，而唆使他下手的人，正是卖药的秃爷。金毛一听，心想果然是那个奸细，为了消灭对手竟动了杀机，那难道下一个要除的障碍就换他了？他殚心盘算了一番，认为这钱未免赚得太险了，毕竟他是遭人眼红的外地人，无势可仗，不如就趁早收手，溜为上策。于是隔天夜里，他匆匆丢下行李，只带了这阵子赚来的一大笔钱，准备搭返回城里的货车离开。就在他即将离开时，几个埋伏在路口的人一起围了上来，包括酒窝，吓得他眼花手麻。

原来孤儿酒窝是秃爷的手下，先前所说的全是预先编造的故事，为的是让他中计落荒，连货车的往返都在圈套中。"要走容易，钱全留下。"酒窝亮出小刀说。"秃爷在哪？叫他出来。"他们没理会他的话，二话不说，上前就动手搜身，搜完揍了他一拳后，便把他扔上车尾，车在月光下摇晃远走。

隔天村民们莫不讶异，不停疑惑地讨论着金毛的踪影。根据目击者的说法，大家都不能相信他逃走的事实，认为一定有原因，他不可能无情地欺骗大家。有些人进入他的屋内，翻找看有什么线索。瘦皮在一本桌上的笔记里，看到他写下的许多观察记录，内容很凌乱。瘦皮在读到里头的秘密时，十分惊讶，认为其中一定有诈。过了不久后，官方卫生局派来了真正的医生，大家也就慢慢忘掉了金毛的是非。而这次医生的到来，并没有给秃爷带来困扰，因为就在那几天，秃爷打算也离开本地。对他而言，这个家乡已经现代得不需要他了，幸好现在他有的是钱，大可去城里住。不过显然他的老伴不答应，夜里临走前，她居然一棒打断了丈夫的腿。原因是当初妻子也去找了金毛倾吐，说自己受过何等委屈，金毛为了摆脱秃爷的吸血，暗地怂恿她动手泄恨。而从笔记上知道一切的瘦皮，更以为这算是替老医生报仇，于是也就跟着教她，教她别让秃爷带着钱远走高飞。

人　瑞

　　王老爷大半辈子为非作歹，仗势欺人，可恶透顶，让村民十分厌恶。可是情况在他一年比一年寿老之后，有了些改变。大家私下议论，一想到这老鬼大概活不了多久，心里便觉得好过了些。而且以当地传统观念来说，向老人算旧账，实在有违伦理道义，当然，怕老人怀愤死后成了鬼来骚扰，也是原因之一。再则，当王老爷九十几岁时，他的仇家也差不多全死光了，晚辈哪悟得出他当年是怎么个嘴脸。新时代来临，似乎样样事都开始转而对他有利了。

　　于是待到满一百岁时，他便完全从一个不起眼的朽物，摇身成了村里的珍宝，大家争相前往祝寿，金银玉石齐送，女人们歌舞，吉祥话串串来去，一片景象欢愉。消息传出去以后，不少外地人来此参见这位活神仙，就连新任的最高首长也不例外，除了亲自致赠一笔敬老礼金，还演说了一席动听的话。随后问老先生如何养生，他耳背没听见，依然沉默地坐在大椅上。一旁的村民急了，便忍不住代他回答首长的话，说老爷平日爱吃村里栽的玉米，说的人就是种玉米的。这时种茶的老翁也不甘示弱，说老爷吃完玉米一定配上一碗村里产的上等茶，边说边找出茶罐子作证。这话没得罪玉米，两人勾肩搭背。首长问村长："是这样吗？"他一时间有点为难，不敢吹牛，所以苦笑着说："村里水质好，种什么都好。"此话一出果然皆大欢喜，连门外头种红椒的、果树的都开心了。

托老人家的福，从此这个小村子虽然算不上一夕致富，但的确也图了个发达。往来做生意的人多了，名声远播是自然的事，不过似乎"播"得越远，就越见名声的谬讹，当然这以"奇事"的标准来看也是"自然"的事。先是传闻老爷已经一百一十岁，靠的全是"玉米茶"这种新茶。再则传闻他年轻时是个好人，至于好到什么程度，端看说的人希望听的人对"善有善报"的道理有多相信。既然老爷的名声事关地方上生计，自然没有自己人会觉得这些正面的谣言有澄清的必要，除了有一个小杂工例外，他的祖父是老爷手下的冤魂。在福利机构派员来送钱时，他打算上前告密，结果被大家捂着嘴，拉到田里威胁一番。

除了内忧还有外患，据说城里有个小药厂，未经同意便将王老爷的绘像印在药盒外贩售，赚了不少钱。药盒上写着："长寿仙药，持续服用，延年百岁，患病除外。"村民心想，这话不对劲，没病的人不用吃药，本来就能长寿，就是有病才长寿不了，这不管病的药像话吗？有人一旁听不懂意思，又凑进来把话说得更糊涂。半途加入的人想弄清楚发生了什么事，没一会，这群围着药盒的人，全忘了起先争的重点是什么，只顾依平时对彼此的不满印象来判断。"你闭嘴，你不懂，你每次都听不懂话，对一半也是错。"差点打起来，使外患通上内忧。

相较于随后产生的问题，这里就算打起来也不算什么，最大的问题就是，大家开始担心，万一老爷明天就死了，那目前这些好处不就全砸了？那可不行，一切才刚起步，要是合资的伙伴跑了，雇员走掉，那大家肯定赔惨了，连成本都收不回来。想想后果，几个年轻人便缄口不敢再提几个原本想提的投资计划。大家都在猜测，究竟王老爷还能活多久，有可能再拖个几年，或者已经剩没几天也说不一定，人的寿命操之在天，他们能做什么？于是村长召开会议，决定尽量提供老爷最好的饮食及照顾，全村的人都将视他为家中一分子，共同为延年益寿的目标努力。目标很清楚，但做法还是需要一番商讨，尤其是当事人的习惯。

这段时间的改变，老爷本人到底感觉如何，恐怕他本人也不清楚，因为他还搞不清楚到底发生了什么事，别人更无法凭他的三言两语来判知。

在印象中，他差不多近几十年来就是这样与世无争，独自住在一间偏僻的小房子里。由于他的家乡并不在本地，有什么亲属也不知道，人们说，要是有，恐怕早就被报复了。人们说，他大概是知过悔罪，才会这样行事低调，想想有谁老到这个年岁还威风得起来的。没人想得到当年那位耀武扬威的一方霸主，竟也有今天这样窝囊的光景。

然而心理上其实他仍会发脾气，只不过这不再是出于意图，纯粹是不讲理的情绪反应，没有人知道他依旧不好惹，为着无法像以前一样让人胆颤而沮丧。如今他不再被视为威胁，甚至被当成可爱的孩童。这正是令他不满的地方。

从他不安冷漠的表情可以感觉到，最近身旁的改变并不是他需要的，连住哪里都不称心，两个作陪的看护更是让他不自在，更别提那些不合胃口的丰盛食物。一连拒绝几次后，他便忍不住动怒，吓得服侍的人非常紧张，连忙说："可别气坏了身子。"下一句没说的是"尤其是在我当班的时候"。大家莫不小心应对，苦口哄劝，不敢勉强，宁可顺从些，退到他的视线之外，任他将晚饭整桌掀掉，或是抽烟喝酒，活像伺候老祖宗，也没人敢顶撞，因为他的确是祖宗。

等到被身旁的看护缠久了，知道大概再怎么抗拒也没用，便干脆顺势让他们服侍个够。"要命令是吧，好，没问题。"于是怎么不行就偏要怎样，看他们还跟是不跟。不料他们还真的一切照办，他们越宠，老爷就越得寸进尺，吵着要东要西不打紧，还闹着要自杀，放火取乐，玩得过分。

他们发现老爷身边出现了一位协助捣乱的帮手，这个年轻人正是曾扬言要说出真相却遭到威胁的那位小杂工，想不到今天居然与老爷化敌为友，一起惹麻烦，破坏大家的计划。最后老人甚至下令，要村里的姑娘都得和他同寝。这让大家觉得够了，简直太过分，同时也才惊觉，他们的计划创造出了一个管不住的怪物，逼得现在得想办法制裁。在会议上，村民意见分成两派，一边认为对老爷的跋扈已经忍无可忍，没驱逐他就算客气了；另一边则相信这只是暂时适应上的问题，也许再容忍一下，他会慢慢接受沟通、被感动的。这一点，几位财主愿意扛下责任。

　　这方的人若没办法是不敢保证的，他们平时就常与酒家女来往，于是决定请人冒充村里的姑娘来陪老爷。大家凑钱派两人去办这件歪差，为了把事情正当化，主谋还讲了一席颇具深意的告白，要两人忍辱负重，好像这一趟是要去行刺谁似的。接洽的过程很顺利，其中一个娼妇对老爷在村里呼风唤雨所造成的风波早有耳闻，因此她随即领着手下一帮莺莺燕燕前往，打算好好敲他一笔。可是一到才发现，如意算盘打早了，原来老爷在我行我素中突然病倒，心搏很弱，可能撑不下去了。屋里顿时齐聚了各路人，景象荒唐，有前分钟还在唱戏的，有医生、有娼女、出钱的……各怀着不同心境看着这感伤的一幕，与临终者一同沉默。

　　领头知道拿不到钱，想先溜却又担心显得太现实，所以装作掩面哭泣、看不下去的样子跑开。有些原本打算制止老爷为所欲为的人，这一刻不免有些内疚，想想一条命要活一百年是件多么不容易的事，当初何不多忍让一些，竟然一般计较。

迟了，隔天老爷便悄然去世，使整件事的发展顺序正好是喜、怒、哀。

关于病因由于事关责任，讨论起来也就有几分敏感，一个假设往往引来许多不必要的联想，说到最后不是人人有错，就是全是老爷自己一个人固执的错，再说，寿命再长也有个上限，能够活到底也算是功德一桩了。何况最后一段日子几乎享尽奢华，一般人哪有这等福气。

原以为这下恐怕村里作物的产销会随之衰退，不过事实上关联不大，因为这更表示老人是牙不好，无法再像从前一样吃些有益身体的食物，所以才会寿终的。此外，现在外头人们对人瑞的好奇，也已正好逐渐被其他流行的传闻取代了，像是天才儿童、畸形人、异能者等等。甚至过了一阵子，换作邻村出人瑞了，而且还是一对双胞姊妹，引起更多人感兴趣，认为这个地区有先天良好的长寿条件，值得投资开发。

暂时回归平静后，村子里一切如常，不过大家似乎是比先前更注意到养生这方面的事了，甚至有点希望时间能过快一点。至于那位得罪大家的小杂工，可就没那么期盼了，他自知无法留在此地，便趁着一天傍晚，背着行囊离开。他一走，大家又开始猜测，认为也许是他下手害死了老爷，才会畏罪逃跑，当初携手的目的，一定就是为了要报两方面的仇。说到这里，他们总算可以安心地欠个身了。

短文集

公然孤独

　　这间市立图书馆的分馆之一，位在一区传统市场附近的一栋大楼的三楼，楼下还有农产运销中心的超级市场，不顾馆内墙上贴的"禁止喧哗"四个大字，特价商品的广播声，每隔一阵子就与一辆辆倒车卸货的货车声一起作响。环境毫无读书气氛，不过若以"映月苦学"之类的标准来看，倒也合适。

　　然而在我二十五岁那阵子，每天早上都会去那里瞎混自修，下午回家时顺便买几把蔬菜。记得那条两线车道的街不过几百公尺，跋涉起来却有几分惊险。许多往返菜市场的妇人拖着菜篮，在暂停的货车，与塞在只有三十秒绿灯的号志前的车阵里穿梭，空气污浊，小贩的推车不时横越，还有各种临时的意外状况，连疯人都不忘来凑热闹，混乱拥挤的程度让人联想到战乱。好不容易转入巷口，迎面则是一股腐败的酸臭味道，因为这户人家的妈妈是专门收集馊水的，蓝色的塑胶大桶子排满走廊，就看她戴着手套拿杓子，整段手臂伸进去搅捞。过了这最后一关，再过约三分钟后，我便会站在一道书墙前，上头一个文学大师也不缺。

挑出一两本女性主义的小说，我选字典区附近的一个位子坐下（人较少），拿出纸笔，逐字逐句抄写整本书。那一年多我便只读了那一两本小说，结果少掉了连贯，印象反而不见得深。我并不清楚为什么要用那么没效率的笨方法阅读，而且一趟趟来回于那条街，中午吃着泡热水的特价冷冻食品，晚上则在家中练习写些幸好不曾被录用过的、很差的小说。或许原因正是：我不知道这到底是怎么一回事。就像去做某个动作，只为了要明白某个动作是什么意思。究竟什么是阅读？字的组合，句的排列，段落的衔接，这个根本的状态并不是书的内容所能解释的，其中还具有一种看不见的力量，不断地在促成这一切。为什么书会一本本出现在我所在这个世界上，重重地塞满架子，我想要从里面得到什么？在弄懂之前，我实在无法专心阅读任何一本书。

当时我脑中浮满了形而上的字影，记忆、表达、书、保存、不存在……完全拼凑不出意思来，我的思想碎散如同枯叶，我在街上的往返不过是被动的翻飘打转。就在这个虚无的片刻，我不经意想起了"非常道"三个字，我马上去架子上拿出老子的《道德经》。我从没读过这本印象中枯燥的经书，可是这时一打开来，从第一个字开始，我就感到被这些内容强烈地吸引，每句话都说中了我所在想的事，翻到下一章"皆知善之为善斯不善……难易相成"，再翻"不贵难得之货使民不为盗"。配合着白话注释阅读，我觉得终于听到了有人说话的声音，这个声音在我聆听的过程中，将我脑中散乱的字拼凑出了意义，好像这本书就是为了我此时的困惑写的，我真的了解它的意思，而且早在几千年前就已写成。

我认为这本书根本被误读了，例如当书中讲如何治国为政时，其实根本不是在教人如何治国为政，他是在比喻，是在用我们所知道的、关心的事物来辅助说明，指出究竟看不见的"常道"是如何在现实世界中运作的，如何显现，如何被他察觉，这才是重点！难道他真的笨到要人以"无为"（无为是假设）来处世？这本书的始末有两句话是关键，"信言不美美言不信"、"道可道非常道"，这就讲明了"书就是个错误"，他认为人的存在根本上就是个错误，人的利益与大自然是相违逆的，人所做的一切全都是错的（当"无为"才能救人时，表示人已无救）。老子书中不断说自己与自己的道理看似错误，是昏昧的，不被了解，这就是在强调，自己说的理想（圣人）是不能实现的，"甚易行"却"莫能行"。他认为原始人的状态才是对的（"大道废有仁义"即汤恩比说的"文明是宗教的退化"），自知这些反文明的思想不该被研读奉行。意识到这层思想的老聃是多么无奈、矛盾而孤独，《道德经》不只是他个人的诀别书，更是一封人类整体的"遗书"，它指出了人的不幸在于本质，它的写成代表文明在某方面的自杀，或说"被逐出乐园"。图书馆就像是个寺院，每个人互不交谈，就坐在自己的位子上阅读手上的书，于是我们公然地孤独着，一同独处，只希望有一天，我们都会找到信仰。

水仙不自恋

我们都知道那个水仙花由来的故事。河神之子纳西色斯是个俊美的少年，仙女艾柯爱上他，但是示爱遭拒，艾柯心生羞愧，形体消失，剩下声音。复仇女神为了教训少年的薄情，让他爱上自己的倒影。艾柯本来想以声音唤醒他，结果居然反而借用倒影，用声音与他谈情说爱，因此纳西色斯对倒影更加信以为真，更加爱得无法自拔，终至病死。

大家都说纳西色斯是自恋，但我却不赞同。自恋的前提是：必须知道他所爱的人是自己。显然他并不知道，而这便是整个故事的重点，讲的是"爱情不过是一场自言自语，是个孤独的幻影"。它表现出人在少年时怀春的苦恋悲剧。例如电影中常有少年男女独自对着镜子预习接吻，或者抱着枕头、照片、树木说甜言蜜语，自问自答的画面，这就是少年憧憬爱情时，把一切看成是"对象"的道理（这份苦闷正可比喻为惩罚）。拒绝的情形也是如此，真实的对象出现，反而让少年不知如何表达或接受，于是误会很容易发生，接着便是自怜自卑与懊悔，躲起来幻想着爱情应该崇高得无法存在于现实中。

　　这个巧妙的小故事包含太多内容了：爱情的渴望让自我迷失，虚幻对于弱点的诱惑，还有人最终仍是孤独与盲目……。其中还有一个关键就是：到底他看见的是什么？他认为看见了"水中仙女"（是女人的面孔），如果倒影与他的容貌相同，那到底他"自己"是长什么样子（河神之子不可能没见过自己的倒影），为什么他认不出那是自己？而复仇女神的法术所改变的是哪个部分，是改变了倒影还是他的视觉？真假虚实构成了看不透的镜屋，于是成就了这场迷人的"惩罚"。这故事看起来既滑稽可笑，却又感伤可悲，世上少有情投意合这回事，多的是无法实现的梦想，以及困扰一辈子的错觉，而这才是爱情的真相。

禁欲心理学

从某方面来说，宗教本身就是对情欲最大的恭维。为何情欲的存在会被人视为一个重大的威胁，进而必须依赖一个完全对立的价值来抗拒它呢？当然精神信仰并非只为单一的理由产生，但是当信仰要得到所追求的价值时，就必然会在该道路上遭遇到阻力。这两者间在交集处的相互冲突与借力使力的矛盾关系，根本上是很讽刺的。由于情欲会让人觉得控制不了自己，它既可怕而又难以实现，以致"宗教苦行"这种近乎笑话的残酷理想，在生活中还能成为稍可考虑看看的事，光是这个念头的产生，恐怕都是难以理解的心境。宗教性质的禁欲，几乎可以说是一种局部的、半套的自杀，是一种有意识的人格分裂，可以比喻为：人格甲杀死了人格乙。这种个人内在的谋杀，最恐怖的地方在于它是被允许发生的谋杀，是对身心正义的蒙眼与放弃。它的莫大痛苦在于必须同时背负罪恶与死亡两者，这两者会引发一种"双重沉默"，既是不敢认罪，又是无法申冤。

在这之后，情欲的角色会由敌人转换成谈判者，这个谈判者具有多重目的，它要来调查与协调，更重要的是救难与治罪，亦正亦邪。由于难以判别，情欲会让禁欲者产生焦虑、错乱、恐惧、渴望等等相违的感受。接着为了解除不安情绪，人会对禁欲这一方更加依赖，真正开始产生看似不合理的反情欲意识。

反情欲的姿态一直是宗教美学的一部分，由于禁欲的约定是要冒着背信违约的重大风险，所以它事关成就的实现与否，这样经过夸大化的美感，很容易与宗教层次的道德辩证衔接，甚至会为了要衔接而在乎这份美感的有无。此外，"拒绝"是关于意愿而非能力，因此，拒绝往往连带间接安慰了性行为能力的缺乏，然而性能力却是源自"意愿"的许可。因此在"意愿"的看守下，性能力沦为附属，无法依自体性质启动意愿，于是性欲无法构成。当性欲失去释放的作用，性能力便受抑制而减弱，间接限制了情感表达的背后动力，终至恶性循环。回到前面，为何情欲欠缺现实性，以致禁欲系统有运作的余地呢？撇开社会文化观点，单纯以心理作用的角度来看，男性受性欲驱动追求女性，渴望交合，表面上看来，本来就有一种强制（先天）与被动（不得不）的特质，更别说在非理性的基础上。这整个过程中，内在自我在协调的前提下，必然要责任实现目的，并将目的的实现作为内在得以协调的办法。这样一来，当人孤独寂寞，就会造成迫切性的自我危机，心里察觉到自己欠缺什么，而这时当情欲成为自我危机的解药时，它的欢愉性质会改变，变成一种功能性的缝合物，使得内在为了欢愉的获得而刻意破坏协调，从此协调性丧失了作用与意义。

除此之外，威胁更在于，最终的性高潮具有一种悲剧性，那就是欢愉与结束的重叠，男人越得到快感，就越恐惧高潮到来，使得一切戛然而止。这是典型哈姆雷特式的矛盾，完全决定了男人的人格属性。同时，潜意识中会慢慢产生一种病态的"推迟焦虑"，不断想要阻止性高潮的到来，甚至连对欢愉的前导与相关的放松都开始憎恨、恐惧，再以酸葡萄的心理减轻挫败感。这些复杂的模式之所以没被摒弃，那是因为这乃是期待中的自我惩罚，用意是要让自己毋须为挫败负责，并可以制造"不是没尽力，是危机太大"的受难英雄形象，以获得同情，此时同情的快感取代了情欲的快感。

接着当情欲沦为内心角力的虚空概念时，同为抽象的宗教思维便会并吞、接管这个精神化了的名词，使人得到无尘式的平静祥和感，满足人对解除焦虑的立即需要。于是宗教形态的思想适时出场拯救了人，人得到了信任与安置，无法再走出这个救星的怀中一步。宗教价值下承认的婚姻与爱情，是管制、订定情欲形态的做法，当这种模型能让人得到满足时，那表示人抗拒不了自我惩罚的诱因，已经把宗教的概念给现实化了，并同意让它把情欲加以非现实化。

假设，婚姻在法律上改成契约期限制度，例如每四年一期，到期后会自动失效，除非再签约延期。这样是否就能改变婚姻的强制力，使人减少对于禁欲理想的托付，还是人需要被强制？有太多的问题让人好奇了。寄放在盟约中的情欲是个自然生命，会不停递变，有兴衰律则，所有违抗或救援的反应，都会促使人动用到个人根本上的信念判断，如此不论结果如何，一切都已赤裸败露。

调情课

　　莎莉曾经和很多男人交往过，我是其中之一，不晓得别人是怎样的情况，但我却是愿意把一切全都给她，甚至包括我的肝脏，如果哪天有需要的话。

　　我们是在一个治疗性冷感的团体成长班上认识的，和所有参加的人一样，我们也有着性方面的焦虑，担心自己的表现比不上范伦铁诺的千分之一。指导老师说这是一种现代人普遍的文明病，要团员们尽量学习解放自己，课堂上要求大家谈谈一些性幻想，下课的回家作业则是写一份《花花公子》杂志的读后心得。

　　我差不多一眼就被她在座位上诉说希望如何与男友玩果冻浴的样子吸引住了，听说前天一个妇产科医生还从她体内取出几个舌环和戒指，这实在是很不可思议的事，我还一直以为自己会是喜欢比较类似像打喷嚏声音小于十五分贝的那种女人。后来由于那个月正好她的俄国男朋友去外太空修护人造卫星，于是我把握机会主动约她去喝咖啡，虽然赴约时她穿着保守，可是在我看来还是很煽情，因为这就和有的脱衣舞娘会在刚出场时，故意先穿个两三件貂皮大衣的道理是一样的。"你在想什么吗？"她问。"没事，只是在想银行催债的事，他们的贷款部经理威胁我，要是再不还钱的话，就要公布我在成人书店消费的金额记录。"起先我聊得很紧张，差一点就要站起来唱歌了，后来因为药效发作才镇定的。

"每次我一想到，每天晚上台北市有几十万男女同时上床，就觉得好像整个台北盆地顿时变成了一个杂交场，对，有隔间的巨型杂交场，特别是万华区一带，这是很恐怖的意象。"莎莉的专注模样让我闭不了口，我发现她好像很喜欢每次和新朋友刚开始认识的阶段，她不断讲些初次交谈的话题，如：去哪旅行过、喜欢哪部电影、吃不吃什么之类。当然免不了也有时事题。

"你说我赞不赞成机场换公园？这个，我想我比较赞成折衷办法，像是在公园里盖机场，飞机可以改成有垂直起降装置的那种。或者在机场里盖公园也行，但是不能放风筝就是了。"少了公共政策，之后的几次约会，我们谈的事就比较私人了。例如我诚实说出我在商店买东西时，如果店员是女的，那在付钱时我会有一种错觉，好像我刚才跟人家有过不法交易，她们还说欢迎再来。莎莉很能了解这种焦虑，所以也就有点相怜了。傍晚我带了一些越南菜去她家，我们想试试课堂上学来的催情练习，纯粹是为了科学目的。她家的天花板上有男朋友头撞到的痕迹，沙发上则有一块我搬不动的举重铅块，那是她男朋友的抱枕。我实在不敢碰她，何况她的衣服扣子上又有高科技警报装置，只要一打开，远在列宁格勒的实验室警报器就会响。好不容易等脱掉衣服时，我突然脑中浮现电影《辛德勒名单》中几个犹太妇女裸体进入毒气室的恐怖画面。裸体一直让我联想到宗教审判日，或是医院化学治疗之类的严肃议题，我实在无法感到欢愉。除非我抱着非礼她的心态才能有冲动，但我怎能伤害一个我所爱的女人呢？

　　后来我们换别的办法，像是檀香油按摩，我说人体的淋巴腺就像台北捷运系统，颈部是剑潭站，离吃喝近，而腋窝是中山站，旁边有两家百货公司，至于腹股沟淋巴则是公馆站，靠近台大校园和台电大楼，这是性暗示的笑话，但显然她并不欣赏。然后当然也有玩角色扮演。她演一个一直弯腰捡纸杯的空中小姐，而我则是演一个一直抱怨服务品质的律师乘客，我要去美国辩护辛普森案。结果因为我太投入角色，所以我开始一直批评当今的司法制度，还有银行信用借贷的法律争议，根本忘了要调情这回事。最后床没上成，论文倒是发表了好几篇。对这样的挫折我们都很沮丧，她说我们最好分开一阵子。

　　接下来几天，我又回到孤独的生活中，在等车行修我的车时，我去逛街。奇怪，为什么落单的人特别容易在路上遇到保险套大特价？看着包装盒上西方男女亲热的图片，我当时有股很强烈的欲望，想要马上见到莎莉，我想亲吻她，当然之前免不了有一段开场白，要告诉她她就像汪洋中的陆地，我要像得救似的向她游过去，我要登陆去找些椰子吃。没错，莎莉治好了我的性冷感，但代价是必须与她分离，这很矛盾。我相信如果和她交往个三五年，一定可以慢慢在卧室合得来，但是有谁愿意花三五年和一个合不来的人交往呢？老天，到底我能决心不去找她吗？不知道，我想这世上有些事恐怕连屈臣氏也不敢发誓。

打个比方

我要先说一个笑话，有一个异手症患者（异手症就是手的活动不听大脑控制的疾病），有一天晚上她手淫后打电话报警，说她被自己的右手强暴了。说这个笑话的用意是，我认为"命运"就是看准了人会不屈服，所以才会让坏事不断得寸进尺。就像毫无疑问，神是存在的，但问题是他袖手旁观，无能为力，有跟没有一样。对我来说，人生是个无法界定的名词，就像魔术胸罩，我一开始还以为那和魔术师的魔术帽一样，里面会蹦出只兔子和鸽子之类的东西。

想想看，女人在减肥时会得忧郁症，但是不减肥的话会嫁不出去，那到底该要忧郁症还是嫁不出去？很简单，当然是前者，因为如果嫁不出去的话，还是会得忧郁症。所以说，选择有意义吗？莎莉，一个很迷人的女人，我一直很想追求她，但是她不准，或者她不需要。也正因为如此，她有一点同情我，偶尔会勉强破例和我去吃顿饭，有点像在告慰亡灵的样子。之所以不准许也是为了我好，因为莎莉一眼就看得出来，我是那种一追求起人家就会不顾一切的疯子，于是我就利用了她的同情。当然，不准的最主要原因是她不喜欢我，她喜欢那个叫村上什么树的。我认为如果人生有选择的话，那一定是被迫要做选择。

前天我们约在一家法国餐厅吃饭，算算距离上次碰面吃饭也快一年了，我照例差不多梳了三个小时的头发，做了三天的伏地挺身。到了餐厅，临时接到电话。

"很抱歉，我差不多晚半个钟头到，你饿的话就先吃，他们的海鲜不错。"

"没关系，如果你走不开的话，改天也行，不用赶，只是吃饭而已。"

"不，我上计程车了，阻挡不了的，餐厅对我来说是有引力的恒星。"

"是啊，我有准备东西要给你，你可以在路上猜猜看，给个提示：固体。"

我打算送她一块自己做的肥皂，其实我是特地为了送东西取悦她，才会专程去学做肥皂的。一想到我亲手做的肥皂会在她的皮肤上滑来滑去，就觉得很煽情。每次讲电话时就觉得仿佛她是在耳边轻声细语，老天，我真是没出息的小人。老实说，追求她不管有没有希望，都让我很痛苦，因为我是个自我防御很强的人。我一直想表现出最好的一面，给她比较好的印象，明明很紧张却要装作镇定。紧张除了是因为我利用了她的同情外（这是不得已的，否则我怎么有办法见到她），还有就是各方面程度差太多，多到我不知道差在哪里。另外则是：我必须和其他男人们竞争，少说也有六个，要是只有另一个追求者的话，那决斗就行了。问题一口气有六个，就算要决斗也得先办场说明会，做个签筒，评估一下赛程表等等，一点也不潇洒。再说，要一直维持最好的状态也不是件容易的事，那就像精神上踩着高跟鞋一样，我无法连续伪装绅士超过三个半小时，我算过，否则我会得精神上的静脉曲张，开始忍不住猛说教宗的闲话，说波兰人如何如何。

　　不管那些，再等十五分钟就可以见到她向我走来，坐在我面前，像是在探监一样，我的脚在桌下甚至可能被她的脚不小心碰到，有比这更美妙的事吗？老天，我的血压可能撑不过这十几分钟。她的存在把我的孤独变得更加无法忍受，我如果不追求她就等于是自杀，用比喻说就是：我的衣服被她的车门夹到，我没有跑，而是被拖走的。也许比喻不当，但是意象很传神。孤独最糟的地方是：没人提醒我裤子拉链没拉。有一次我在星巴克拿着一杯咖啡等位子，结果一个男人看不下去，走过来好意提醒我忘了关拉链，我一时难堪便狡辩说："我是故意没拉的，这是一种'内裤外露'的新潮流，就像丁字裤外露。对，不信你去米兰问卡尔·拉格菲。"接着我便故作镇静，走到地下道哭泣去了。

　　见到她会让我觉得好像长久以来所受的寂寞挣扎都是值得的，这么说好了，我觉得坐在这里等她不只半个小时了，仿佛几年以来就一直坐在这里等着要见到她；为了减少等待的烦闷，我会故意欺骗自己不是在等待她。这能说什么，人生就像一条切好的葡萄干面包，其中一定有某一片刚好上面一颗葡萄干也没有，而另外有一片上面则可能有十六颗葡萄干。还有一个问题是：和她在一起时我并不快乐，因为我一直烦恼无法吸引她，更怕她为了避免伤害到我的自尊心，而不得不降低自己的程度，很像是在和一只狗玩，也许很开心，但是绝不可能约会。

那到底我希望怎么样，忘掉她吗？那我恐怕得切除大脑的四分之一，因为我的记忆力比一般人强。照理说我的学校功课应该很好，但是过目不忘的能力害我被政府抓去绑在高速公路旁，被当成是取缔违规的照相机，因此我脑子里有一两万组车牌号码。我是因为想弄清楚，到底她是哪里吸引我，所以才会一直想去找人家，当然，我到现在还是没有答案。为了达到目的，最后我甚至谎称自己是贫穷的犹太人，这样一来，如果她不肯和我约会，那就表示她反犹太兼歧视穷人。

我凝望着餐厅门口，一想到她随时会从这道门出现，就觉得那道门无比高贵。我的思绪已经一团乱，我的舌头像五号砂纸般又干又粗又硬又麻，还有我的鼻子，不，搞错了，应该是耳朵才对，一直听见类似珍妮·摩露唱歌的声音，那是我年少时最喜欢的一张法文歌的唱片，"相识却不相见，相逢却又分开……"等等？这是在播那张唱片没错！我在干吗，这里本来就是法国餐厅。这时候电话响了。

"你到哪了，有塞车吗？"我焦急地问。

"抱歉，我没办法到你那里了，车上临时有点意外。"她说。

"怎么了，你不要紧吧，不是已经搭上计程车了吗？"我的口吃突然发作。

"对，但是问题就在这里，听着，我想我遇到了喜欢的人了。"

"谁，难不成是计程车司机吗？"我开玩笑说，接着眼皮跳了一下。

"没错，我知道听起来很不可思议，但是谁晓得，世事难料。"

"等一下！怎么可能，才三十分钟不到，小心上当了，他可能在汽车芳香剂里偷掺了催情药。还是他绑架你对吧，是的话你说暗号，我去报警。"

"放心，他人很好，他也是柏克莱分校的，我下次再告诉你细节。"我一听，当场就说不出话来，我记得最后我好像说"旅途愉快"的样子。

我再说个故事：有一天柏拉图在思考哲学的问题，他思考得愁眉苦脸，废寝忘食，他太太劝他说："你不要想太多了，你这个人就是想太多了。"结果他回答："没办法，我是柏拉图，我本来就会想太多。"这就是我要说的，大脑无益，不懂爱情，甚至不会消化食物。

黄国峻生平创作年表

黄国珍、梁峻瓘　整理

一九七一　出生于台北，作家黄春明次子。

一九七五　四岁，初露绘画天分。《雄狮美术》曾以之为本，讨论儿童绘画及儿童心理。

一九八六　就读淡江高中。对基督教的精神性层面发生兴趣，研读《圣经》、参加校内团契，并于校刊发表作品。

一九八八　淡江高中毕业。开始以文字记录、陈述想法，类似杂记，均未发表。

一九九六　持续写作，并开始尝试发表。

一九九七　处女作《留白》获第十一届联合文学小说新人奖推荐奖。

二〇〇〇　出版小说集《度外》（联合文学），此书并获《明日报》主办"明日报年度好书奖"的"十大本土书奖"，与张大春、夏祖丽等人并列得奖。

二〇〇一　《天花板的介入》入选九歌《九十年度小说选》。

二〇〇二　出版小说集《盲目地注视》、散文集《麦克风试音：

黄国峻的黑色 Talk 集》(联合文学)。

二〇〇三　短篇小说集《是或一点也不》四月完成(联合文学八月出版),并开始着手首部长篇小说《水门的洞口》(原预定书名《林建铭》),完成五章近五万字,原预计十万字脱稿(联合文学八月出版)。并以小说《血气》获选《幼狮文艺》"六出天下"小说类六年级世代优秀小说家。六月二十日于家中自缢身亡。享年三十二岁。

图书在版编目（ＣＩＰ）数据

是或一点也不 / 黄国峻著、绘. -- 北京 : 中国友
谊出版公司, 2020.7
ISBN 978-7-5057-4932-0

I. ①是… II. ①黄… III. ①短篇小说—小说集—中
国—当代 IV. ①I247.7

中国版本图书馆CIP数据核字(2020)第106851号

著作权合同登记号 图字：01-2020-5540

Copyright © 2003 年 黄国峻
本中文简体字版 Copyright © 2020 年 银杏树下（北京）图书有限责任公司由
联合文学出版社股份有限公司 授权独家出版

书名　**是或一点也不**

作者　黄国峻

出版　中国友谊出版公司

发行　中国友谊出版公司

经销　新华书店

印刷　北京盛通印刷股份有限公司

规格　880×1194毫米　32开

　　　8印张　152千字

版次　2020年11月第1版

印次　2020年11月第1次印刷

书号　ISBN　978-7-5057-4932-0

定价　45.00元

地址　北京市朝阳区西坝河南里17号楼

邮编　100028

电话　（010）64678009